AF372447

Katz, Jorge David
    Ideas locas / Jorge David Katz. - 1a ed. - Ciudad Autónoma de Buenos
Aires : Jorge David Katz, 2025.
    200 p. ; 21 x 15 cm.

    ISBN 978-631-00-7953-0

    1. Humor. 2. Cuentos. 3. Realismo Fantástico. I. Título.
    CDD A860

Para Tamy, mi amante*.
Quien con su amor y paciencia -créanme que tuvo mucha-ha sido el faro, -en realidad el faro ,el barco, la isla, TODO- que ilumina mis días alegres y la fuerza que sostiene mis noches más tristes, sin vos, este libro sería solo una sombra de lo que es.

A Alex y Dylan, mis hijos.
Quienes son la chispa y el fuego que mantienen viva mi inspiración y los geniales editores de este libro.
Los viajeros en mi vida que me dan fuerza y me enseñan a ver el mundo a través de sus ojos, siempre nuevos, siempre asombrosos.

A mi compañero incondicional, Marty.
Nuestro perro, cuya lealtad silenciosa y presencia constante me ha dado compañía, sin pedir nada-salvo que le convide algún pedacito de carne- más que una mirada de agradecimiento.

Y finalmente, dedicado a José y Ester, mis padres.
Que con sus personalidades y ejemplos, crearon el Ying y el Yang de mi ser y dieron equilibrio a lo que soy, los dos polos que me moldean.
A través de los cuales mi alma, en su contradicción, ha encontrado su sentido.

Jorge Katz
(Alias Carlos Gardel)

*según la RAE Amante: Que ama. Sinónimo :Enamorado, apasionado.

Índice

Prólogo

Una noche, mientras el insomnio se apoderaba de mi juventud —tenía veinte años—, caí en un sueño o pesadilla, como se quiera ver.

En este extraño lugar entre el ser y el no ser, me encontré de pie, observando mi lecho de muerte.

Al principio, la visión me pareció vaga, un espejeo de sombras, pero poco a poco las formas se definieron.

Era yo, o más bien, lo que quedaba de mí.

Mi cuerpo, ahora en su ocaso, era un viejo encorvado, agotado por el tiempo.

El anciano que yo fui estaba allí, reflexionando en silencio sobre la vida que ya se desvanecía.

En su rostro no había lágrimas, sino una suerte de duda indeleble, esa que solo llega al final del camino.

El hombre de carne y hueso, ese que se extinguía ante mis ojos, medía su existencia en los gestos de su memoria.

Recordaba lo vivido, lamentaba lo perdido.

Pero sobre todo, temía lo irreversible.

Temía la vastedad de lo no experimentado, lo que ya no podría vivirse: las pasiones que quedaron en el borde de lo posible, las aventuras olvidadas y los sueños marchitos por la vejez.

Y en ese instante de terror —ese instante eterno donde el tiempo se encoge hasta un punto de no retorno— desperté.

Mi corazón latía con fuerza, como si el sueño me hubiera revelado algo profundo, algo necesario: la urgencia de vivir.

Al despertar y al conectarme de nuevo con la vigilia, me hice una promesa: trataría, con todas mis fuerzas, de cumplir mis sueños.

Porque entendí que no hay mayor carga que la de un alma que se marcha sin haber vivido, sin haber probado lo imposible.

Este libro es uno de mis sueños.

Una pequeña porción de lo que la vida me ha permitido materializar.

Y ahora, al saber que lo sostenes en tus manos, mi alma se siente menos pesada.

El anciano del sueño, el que temía el vacío de lo no vivido, encuentra ahora una paz imperfecta.

Gracias por acompañarme en este viaje.

Que disfrutes de estas páginas y si, al final, sentís que te he tocado o entretenido, al menos , te pido que lo recomiendes a tus amigos.

Y si por alguna razón, no has encontrado aquí lo que esperabas, hacelo igualmente.

Pero, por favor, recomendálo a tus enemigos.

Después de todo, los enemigos también necesitan sueños.

Y se convertiría en una elegante manera de vengarte.

Nuestros sueños

A estas horas, la ciudad se dobla sobre sí misma como un sueño irreal, titilante en sus últimos suspiros.

Las enigmáticas penumbras se agrupan en las esquinas de las calles, envolviendo con su manto todo lo que alguna vez fue vivo y palpable.

Las farolas de la calle, vacías de sentido, emiten una luz mortecina que apenas araña la superficie de la noche.

La metrópoli parece un laberinto de espejos destrozados, donde las figuras de un pasado se entrelazan con las del presente, sin que nadie pueda distinguir quién es quién ni en qué época se encuentran.

En la acera solitaria, dos amantes habitan el último vestigio de calor en la noche.

Comparten un cigarrillo, cuya brasa rojiza en el extremo encendido chisporrotea suavemente.

Se desliza entre los dedos de sus manos, como un objeto inerte que mantiene la promesa de una llama que, a su vez, afirma extinguirse con el paso del tiempo.

Ellos no hablan, no necesitan hablar.

El aire que los rodea está impregnado con la tensión muda de sus cuerpos, con el murmullo inerte de un amor que no requiere palabras.

Es como si en ese instante, en ese exacto lugar de la gran urbe, las leyes del tiempo se detuvieran, como si todo cuanto existiera fuese ese humo que entrelazado, asciende hacia la madrugada y se disuelve en un suspiro, en una pausa en la que todo puede llegar a ser olvidado.

Una lágrima resbala lentamente por la mejilla de una adolescente enamorada del amor.

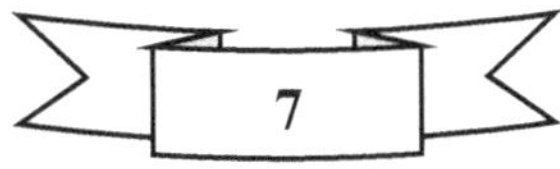

Es una lágrima que no parece contener tristeza ni alegría, sino una mezcla inexplicable de ambos sentimientos, de esos que sólo una joven a esa edad puede llegar a vivir.

Otra lágrima inmediatamente después le sigue el curso, como si la una no pudiera existir sin la otra, como si juntas en su caída lenta y silenciosa, representaran no la desesperanza de un amor perdido, sino la belleza fugaz de una pasión que, aunque efímera, siente que será irrepetible.

A sus pies, las gotas caen sobre el pavimento como la promesa de una lluvia que nunca llega del todo, de una tormenta que es solo un susurro en la memoria de los que miran hacia el futuro.

Mientras tanto en el quinto piso de un edificio distante, desde una ventana apenas iluminada, alguien observa la calle, la ve reflejada en la luz brillante de su propio ser.

Esa ventana es la última barrera entre él y la ciudad.

Un punto suspendido en el espacio, entre el deseo y la angustia, entre la imaginación y la realidad.

En la oscuridad de su habitación, la luz que se filtra parece hacerle un guiño a algo que él solo puede comprender, mientras las sombras recorren su cuerpo, acariciando sus pensamientos como un roce furtivo que escapa a la razón.

Él sueña, pero no con lo que es común soñar en la vida de los demás.

No sueña con los amores perdidos ni con la gloria que no llegará.

Su mente se sumerge en fantasías que parecen escapar de la lógica del tiempo y el espacio, aspiraciones tan profundas que ni siquiera él puede comprender por completo su origen.

Sueña con lo intangible, con lo que existe solo en la intersección de las ideas jamás formuladas.

Sus pensamientos fluyen como un río subterráneo, sin dirección definida, pero sabiendo que hay algo que debe ser alcanzado, una verdad oculta en las zonas oscuras de la ciudad, entre las grietas de lo aparentemente ordinario.

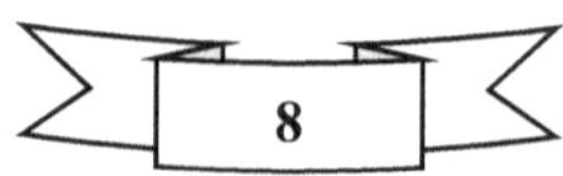

No hay un rumbo claro, solo un deseo imparable de encontrar algo que, si es que alguna vez se logra, cambiará todo lo que él conoce.

En una mesa de restaurante de otro barrio, donde las luces parpadean con alguna clase de fidelidad a la decadencia que los años han grabado en su arquitectura, una mujer está sentada frente a una copa de vino, una de las muchas que ha bebido.

Servidas por un mozo cansado, que la observa intentando comprender que lleva a una mujer tan elegante a ahogarse en alcohol.

Ignorando la situación, ella sólo ve sus ojos reflejados en el cristal de esa copa que parece mostrarle no el futuro, sino un fragmento de su propia imagen descompuesta.

Ella ha estado bebiendo para borrar los recuerdos, para apaciguar una mente que no deja de girar, como el reloj que suena en la distancia de su mente con su inexorable tic tac, marcando el paso de los minutos como si fuera una sentencia.

Piensa, estudia las palabras que va a pronunciar.

No son las palabras que alguna vez soñó decir, pero en este momento, en este espacio, son las únicas que quedan.

 Y esas palabras, aunque dolorosas, son su única salida.

Ella no sabe si la declaración que tiene preparada en la punta de la lengua servirá para aliviar el enojo y el peso de la soledad que ha ido acumulando en su corazón.

Son términos que definitivamente no corresponden a los sueños de su juventud.

Palabras que no pronunciaría si tuviera la oportunidad de retroceder en el tiempo.

Pero en ese instante, cuando la última copa vacía queda a su lado, ella se siente más decidida que nunca, más cerca de la verdad que le ha sido esquiva y no ha querido ver durante tantos años.

Y, sin embargo, siente que todo lo que pueda decir se disolverá en el aire, en la misma atmósfera en la que se encuentra suspendida su existencia.

Quizá entre todos estos personajes que habitan la gran ciudad, los amantes, los soñadores, los bebedores en busca de valentía, los que deambulan por la ciudad en busca de algo que nunca encontrarán, incluso vos que estás leyendo estas páginas y yo que intento escribirlas.

Puede no haya nada en común.

O tal vez sí.

Tal vez hay algo que nos une a todos, aunque nadie se detenga a pensarlo.

Algo invisible que recorre las arterias de la ciudad y se cuela por las rendijas de las habitaciones vacías, que vibra en las palabras nunca pronunciadas y en los gestos callados, en la mirada perdida de aquellos que se sienten condenados a un destino que no comprenden del todo.

Porque todos, en algún momento, somos parte de una historia que no se cuenta, de una historia que nadie escribe, que no quedará registrada en los libros ni en los recuerdos de los demás. Somos los actores de una narrativa que solo nosotros vivimos, que únicamente nosotros sabremos cómo se desenlaza.

Y, sin embargo, esa historia es tan importante como cualquier otra, porque es nuestra, porque nos pertenece en su totalidad, con sus momentos fugaces y sus silencios eternos.

Es posible que nadie, ni siquiera el amante que susurra palabras entrecortadas en la intimidad de la noche, o la mujer que busca consuelo en la distancia de un vaso vacío, lleguen a recordar este instante.

Quizá la ciudad nunca sabrá de aquellos que la habitan, ni de aquellos que la recorren sin encontrar su destino.

Pero, en algún rincón oscuro, donde el tiempo se arruga y se deshace, todos esos momentos, todos esos encuentros fugaces, son inmortales.

Nadie los verá ni los comprenderá, pero vivirán en la forma de una palabra no dicha, de una lágrima caída sin testigos, del eco de un suspiro que se pierde en los silencios de la ciudad.

Y así, mientras la luna asciende en el cielo sin ser mirada, mientras las sombras se estiran y se contraen en las calles solitarias, el sueño continúa.

No el sueño de los magnos relatos ni de las grandes historias, sino el anhelo que cada uno lleva dentro de sí, un deseo que no se puede tocar ni describir, pero que da forma a todo lo que es.

Porque en las horas más silenciosas, cuando el mundo parece desaparecer en su propia quietud, somos en el fondo, solo eso, soñadores solitarios, caminantes perdidos esperando sin saberlo, que alguien nos recuerde alguna vez.

Incluso si ese alguien somos nosotros mismos.

La isla del olvido

La isla era pequeña, de apenas unos kilómetros de largo y ancho, algunos hasta la definirían como un islote.

Que, ignorada por la mayoría del universo, se encontraba en medio del océano y había sido todo para algunas almas desesperadas.

Los pocos mapas y cartas navales que la mencionaban, la describían como un lugar casi desechado por los marinos.

Sus costas de acantilados amenazadores, se veían atacadas por un oleaje de mar que batía con furia sus playas.

Por lo que navegar hacia ella, parecía desafiar las leyes de la náutica y la cordura.

Sus profundas aguas, transformadas en un reflejo misterioso y oscuro de historias extraviadas en ellas.

Los pocos navegantes que la habían visto de cerca, decían que arrastraba y machacaba las embarcaciones sin piedad.

La leyenda decía que muy pocos habían sido capaces de llegar allí sin pagar un alto precio.

Algunos los tildaban de locos o atormentados.

Y posiblemente fuera cierto.

A lo lejos, en una pequeña cala escondida en la costa de la isla, se podía ver una barcaza antigua con aspecto abandonado y desvencijada por los golpes del tiempo.

Descansaba meciéndose con el vaivén de las olas.

Era un extrañísimo y único símbolo de vida en todo ese agreste entorno.

Las letras que formaban el nombre "Tempestad" con que alguien la bautizó, aún se podían alcanzar a leer, aunque desfiguradas y borrosas por el paso del tiempo y la corrosión salina.

Los años habían tratado con indiferencia tanto al barco como a su tripulante, pero al hombre que se encontraba en la proa de la barcaza no parecía importarle el estado de la embarcación.

La mirada de Gustavo, un hombre alto y delgado, con el cabello largo y blanco como la bruma que cubría las montañas, se dirigía hacia el horizonte, perdido en sus propios pensamientos.

El rostro de Gustavo era anguloso, como esculpido en piedra.

Su severidad, sin embargo, contrastaba con los ojos que poseían una tristeza profunda, reflejo de la pérdida de su esposa Victoria. Con quien había vivido en la isla mucho tiempo y atravesado cantidad de aventuras de las hermosas y de las otras.

Lentamente se había acostumbrado al dolor como un antiguo amante y su alma se había desvanecido en partículas que habitaban en los recuerdos de la mujer que había y aún seguía amando.

Victoria había muerto hacía poco tiempo.

El viento de su final, había llegado como una sombra helada y su vida se había ido apagando.

Mientras que su alma había partido hacia algún rincón donde ya no alcanzaba la luz.

Gustavo había pasado una vigilia interminable, hasta que había tomado la decisión de abandonar la isla, como si con ella pudiera huir de las huellas del pasado.

Durante meses había planeado su viaje.

Aunque en realidad sabía que su periplo se dirigía hacia la nada.

No ignoraba que si era muy complicado para las grandes naves acercarse a la isla.

Sería casi imposible que un bote viejo y destartalado sobreviviera al furioso oleaje.

Pero eso ya no era importante sin Victoria.

Había encontrado la barcaza en la playa cubierta por la maleza y la había reparado lo mejor que pudo.

Comenzó a remar, sus manos temblorosas pero resueltas.

El mar y él se habían hecho viejos amigos.

Con cada golpe de remo sentía como si el océano mismo lo acogiera en un profundo abrazo, llevándolo más y más lejos de la isla, de la memoria, de la existencia.

Pero, ¿Acaso el mar podría llevarlo a algún otro lugar?

El océano nunca se apaciguaba, jamás dejaba de dar batalla.

¿Eventualmente no era también el reflejo de los sentimientos que estaba abandonando en la isla?

Una imitación del lugar donde lo perdido se tornaba parte del dolor, donde la desaparición no era nunca más un proceso de olvido, sino una forma de regresar a lo irremediable.

El mar no significaba simplemente agua salada, sino un vasto conjunto de recuerdos, una elección que seguramente lo estaba llevando a su propio final.

El cielo ya se había oscurecido y el abrumador viento soplaba con una fuerza tal que parecía querer arrancarle la vida misma.

—Nada queda ya. Pensaba.

—Ni ella, ni el tiempo, ni la memoria.

—Solo este viaje hacia la nada.

Y, sin embargo, las lágrimas no dejaban de brotar de sus ojos.

¿Podría el mar ver su alma rota?

Y cada ola furiosa que rompía contra la barcaza estuviera susurrando algo que solo Gustavo podría comprender.

A medida que avanzaba, la isla se desvaneció y con ella las figuras fantasmales de su vida.

Las olas se alzaban ahora con furia y la barcaza comenzaba a oscilar peligrosamente.

El mar embravecido, ese monstruo que no soltaba presa.

Los recuerdos no lo abandonaban tampoco.

El viento lo arrastraba hacia un futuro incierto, pero el futuro ya no tenía nombre.

¿Qué significaba huir?

¿Acaso huir era una respuesta o solo una ilusión más del alma ante el dolor de la pérdida?

La mente de Gustavo se nubló.

No podía ni quería escapar a su destino.

Tampoco su intención era salvarse.

Regresar no era una opción, porque sin ella, sencillamente no quedaba nada que salvar y ningún amor al que regresar.

Lo único que restaba era seguir adelante, continuar remando en un mar de recuerdos que no lo liberaban.

Entonces de repente, la barcaza chocó contra algo.

Fue un golpe seco.

Gustavo perdió el equilibrio y cayó al agua.

La barcaza se hundió rápidamente engullida por las aguas tormentosas, arrastrándolo con ella.

El oscuro mar lo abrazó y todo se volvió negro.

Las olas rápidamente lo cubrieron y su cuerpo se hundió con velocidad en las profundidades.

El desenlace estaba cerca.

Pero inexplicablemente el fin no llegó.

Cuando Gustavo abrió los ojos.

Ya no estaba en el agua.

Ya no había mar, ni cielo, ni costa.

Solo un vacío profundo.

Un espacio sin tiempo ni forma, donde no existía el principio ni el final.

¿Era la muerte?

¿Era un sueño?

Gustavo no tenía miedo.

El vacío no era frío ni cálido.

Solo estaba allí.

¿Acaso el vacío era el hogar de lo perdido?

La respuesta no vino de afuera.

Era como si algo dentro de él hubiera estado esperando siempre ese momento.

A la distancia, una luz pareció brillar.

Resultaba increíble.

Lejos al principio, pero luego cada vez más cerca.

Una luz que no se parecía a la que proyectaba el sol.

Era suave y cálida, pero con una cualidad extraña.

Le era totalmente imposible detectar que origen tenía.

No sabía cómo podía ver esa luz, ni cómo podía moverse, pero allí estaba en su campo de visión, como una presencia silenciosa.

Finalmente, la luz llegó a él.

Lo envolvió.

Gustavo decidió entregarse a su destino.

—Gustavo. Dijo una voz.

Era una voz que reconoció.

—¿Te perdiste?

La luz rápidamente se deshizo y frente a él apareció una figura.

Era Victoria.

O al menos, era una figura que representaba a ella.

Su imagen no era un cuerpo, sino una presencia que flotaba en la luz, cambiando constantemente como una ilusión que se disolvía y se reconstruía.

—¿Vicky?

Susurró Gustavo, como si no pudiera creer lo que veía.

—¿Por qué te fuiste?

Gustavo la miraba, quería creer en la realidad de esa presencia.

Pero al mismo tiempo, algo en su corazón sabía que no podía ser ella del todo.

—¿Por qué te fuiste? Pregunto nuevamente.

—Si aún quedaba tanto por vivir.

La voz de Victoria resonó suavemente, como un eco en la vastedad del vacío.

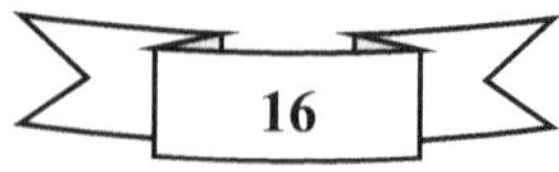

—¿Qué significa vivir, Gustavo?

—¿Qué representa morir?

La luz vibró y la figura de Victoria se disolvió, solo para volver a tomar forma en otro sitio.

—La muerte no es un fin, Gus.

—Es solo una transformación.

—Todo lo que fue, lo que creíste que fue, nunca se pierde.

—Pero nunca será lo mismo.

Él no podía comprender.

—¿Por qué te quedaste aquí ,Vicky? Le preguntó el.

—Porque no me fui del todo.

Respondió ella.

Su figura desvaneciéndose una vez más en la luz.

—Y vos tampoco desapareciste.

—Nadie se va realmente.

—Todos estamos atrapados en el ciclo de la memoria.

—No podés huir de lo que vivimos.

—La isla ya no es un lugar físico, Gus.

—Es un estado del alma.

Las palabras de Victoria se desvanecieron.

Gustavo miró a su alrededor y descubrió algo imposible.

Increíblemente ahora tenía frente a él ,una vasta biblioteca, un espacio mágico e interminable lleno de libros, pero cuyas cubiertas brillaban con títulos desconocidos.

Algunos de esos libros tenían su nombre.

Gustavo: Recuerdos del Olvido, era el título de uno, escrito en la portada.

Extrañamente eran relatos, pero no eran recuerdos.

Relataban las versiones de su vida que nunca habían existido y al mismo tiempo, eran todas las posibilidades de lo que pudo haber sido.

—Aquí no hay finales.

Dijo la voz de Victoria una vez más.

En esta oportunidad su particular sonido llegaba desde todas partes al mismo tiempo.

—Solo son versiones de lo que podría haber sucedido.

Agregó esa voz que supuestamente era la de Victoria.

—Y en cada versión, vos seguís buscando.

—Y en cada versión, te vas a encontrar.

Gustavo cerró los ojos y decidió que ya no quería seguir buceando entre las ruinas de su pasado.

La isla, el mar, la muerte.

Ya no eran más que recuerdos que él mismo había tejido.

No hay fin, tampoco principio.

Tan solo historias.

Y cada historia es tan solo, uno de los posibles ecos de lo que ya hemos vivido.

La increíble vida de Alfred

Alfred del Castillo.

¿Qué tal les suena a ustedes ese nombre?

Un nombre que podría ser el de cualquier tipo aburrido de la alta sociedad, que encontraríamos jugando en algún campo de golf. ¿no?

Pero no es este el caso.

Alfred del Castillo no era cualquier tipo.

Él fue el francés creador y propietario de la primera y única inmobiliaria especializada en atender las necesidades de reyes, emperadores, príncipes y demás realeza, en toda Europa.

Y no, no se trataba de un negocio cualquiera, como podrán ver.

No, Alfred se especializó en alquilar palacios, castillos, fuertes y cotos de caza.

No estamos hablando de esos pequeños apartamentos en el centro de la ciudad, no, no, no.

Hablamos de castillos.

Y no cualquier tipo de castillos, sino castillos de gente que pensaba que los problemas de tránsito solo se resolvían con una carreta tirada por caballo ,los problemas económicos recaudando más contribución de sus súbditos ,los inconvenientes por el crecimiento demográfico cortando cabezas en la guillotina y que los contratos de arrendamiento requerían el sacrificio de algún que otro dragón.

Ahora, ¿Qué hace? ¿Cuál es la tarea una persona como Alfred del Castillo?

Bueno, en principio, como su nombre lo indica, se dedica a cobrar alquileres de castillos.

Pero no era un cobrador de alquileres común.

No.

Este hombre estaba en la cima de la cadena alimenticia inmobiliaria.

Si un rey, príncipe, o incluso un emperador necesitaba un lugar donde no fuera necesario explicarles cómo usar el inodoro, Alfred tenía la solución.

Si querías una mansión rodeada de cocodrilos, o un palacio con túneles secretos para jugar a las escondidas con tus súbditos, Alfred era tu hombre.

¿Y de dónde salieron todas esas ideas tan peculiares?

Pues de su enorme capacidad para leer la mente de los aristócratas.

¡y a veces sabía lo que realmente necesitaban, incluso mejor que ellos mismos!

Uno de los primeros problemas que se le presentó fue con un monarca austrohúngaro.

Este rey, conocido por ser bastante "cauteloso" con su dinero.

No parecía entender que cumplir con el alquiler de un castillo no era lo mismo que ir a comprar una camisa en una tienda de barrio y pedir que lo anoten en nuestra cuenta.

Claro, Alfred había sido muy comprensivo durante los primeros meses.

Pero cuando pasaron tres meses sin recibir pago, Alfred decidió que era hora de ensillar su caballo blanco e ir a cobrar.

La cuestión es que, como buen monarca, el muchacho austrohúngaro tenía la costumbre de encerrarse en algún salón de su castillo durante días y días, sin que nadie pudiera molestarle.

Por supuesto, cuando Alfred llegó con su carta de reclamo, no fue recibido con una gran sonrisa.

De hecho, no fue recibido de ninguna manera.

En lugar de eso, se le dijo que el rey estaba meditando en sus aposentos.

Alfred, sin embargo, no era de los que se rendían fácilmente.

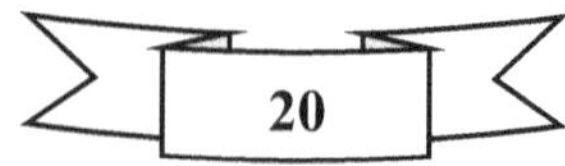

Así que, tras un par de intentos fallidos con el monarca Austrohúngaro, decidió que era momento de utilizar otra estrategia e ir a ver a la reina.

Después de todo, en un reino si el rey no te paga siempre puedes intentar negociar con la reina. ¿No?

Al llegar a los aposentos reales de la reina, Alfred la encontró tranquila, tomando una taza de té a medio vestir con su ayudante de cámara, el del rey.

Ella, que evidentemente no tenía idea de lo que pasaba fuera de sus paredes ya que estaba muy ocupada, le sonrió amablemente y le dijo: "Oh, Alfred".

—¿No te gustaría unirte a nosotros y tomar un poco de té, en la cama antes de que veas a mi esposo?

Pero Alfred, con su más grande sonrisa, le contestó.

—Madame, no tengo tiempo para té, ni para otras diversiones.

—Necesito, deseo algo mucho más valioso.

—un cheque por el alquiler que me debe su marido

La reina, visiblemente sorprendida, intentó llamarle la atención al rey, pero este se encontraba "muy ocupado" mirando mapas y planeando batallas que al parecer, nunca iban a suceder.

Entonces Alfred, cansado de esperar, soltó una frase que, según él, definiría su carrera:

"¡Si el rey no paga, que me pague su tesorero!"

Pero si el tesorero se niega, porque dice que no sabe nada. ¡Entonces le embargo su dragón y lo desalojo!

Y con una última sonrisa burlona, se marchó a esperar la respuesta.

Días después, el monarca apareció en la puerta de la inmobiliaria de Alfred, un poco molesto pero dispuesto a encontrar una solución.

El rey le explicó que había estado muy ocupado con sus proyectos de expansión territorial, lo que no le permitió atender el asunto del alquiler.

Sin embargo, entendió que como cualquier hombre de negocios que se respete, Alfred no se iba a conformar con excusas.

Al final, la negociación se resolvió con un sustancioso aumento de alquiler —porque eso es lo que sucede cuando le debes dinero a alguien que controla un imperio inmobiliario como Alfred—.

Y así el monarca austrohúngaro pagó, pero solo después de prometer que la próxima vez, lo haría en tiempo y forma.

Por supuesto, Alfred hizo lo que cualquier buen cobrador haría.

Ajustó las condiciones del contrato.

¿Por qué no? Si ya había lidiado con dragones, lo menos que podía hacer era aprovechar el momento.

Pero lo verdaderamente complicado llegó cuando Alfred tuvo que enfrentarse a una "separación real".

En una de sus tantas visitas a los palacios, recibió la inesperada noticia de que el Rey Augusto de Prusia había decidido divorciarse de su esposa, la reina Amelia de Bretenburen.

Y claro.

¿Qué haces cuando tienes que desalojar a una reina de un palacio de lujo?

No era cuestión de ir y pedirle a la princesa que se fuera.

No, no, no.

Las cosas no funcionaban de esa manera, sobre todo cuando la reina en cuestión tenía su propio ejército de criados y unos cuantos cocodrilos de mascotas.

El rey, que no quería dar la cara ante su ex esposa.

Le pidió a Alfred que se encargara de todo el asunto.

Después de todo, Alfred ya estaba acostumbrado a tratar con todo tipo de nobles y monarcas excéntricos.

Así que se presentó en el palacio real, pero no de la manera que uno podría imaginarse.

No fue con una orden de desalojo ni con una carta formal.

No.

Alfred, con su característico sentido del humor, decidió hacer una gran entrada.

Se presentó con un sombrero floreado enorme y una capa dorada, haciendo una imitación de un trovador medieval.

—¡Princesa Amelia, la más agraciada! —¡Oh, princesa de las grandes joyas y los palacios de mármol!

—Ven a escucharme, oh musa de la elegancia.

—El rey ha decidido que ha llegado el momento de... ¡dejarte libre de la carga de ocuparte de este palacio.

La reina evidentemente confundida, lo miró con los ojos entrecerrados.

—¿Quién eres tú?

—¿Un bufón?

—¿Un poeta?

—¿Un hombre de negocios?

— ¿Y por qué estás vestido así, tan ridículamente?

Alfred, sin perder su compostura, hizo una reverencia exagerada.

—Soy Alfred del Castillo, el hombre que le devolverá la libertad de este lugar tan... impresionantemente agobiante.

—Pero primero, tendrás que empacar tus cosas.

—El contrato ha terminado.

Y mientras ella miraba desconcertada, Alfred procedió a ayudarla a empacar sus pertenencias.

Evidentemente, fue un trabajo un tanto arduo, porque la princesa tenía demasiados vestidos y accesorios.

Alfred no se andaba con rodeos: —Te ayudaré con esto, pero solo si no me pides que te empaquete los zapatos de cristal.

—¡Qué sé pueden quebrar durante el viaje en el carruaje!

Al final, después de unos cuantos días de "ajustes", la reina dejó el castillo, no sin antes ofrecerle a Alfred una generosa propina.

Después de todo, ¡haber desalojado a una reina nunca había sido tan fácil!

Alfred siempre decía que, si uno tenía buen humor y una buena actitud, podía hacer cualquier trabajo.

Y es que, ¿Qué problema puede tener alguien que alquila castillos, cobra alquileres y hace reír a los reyes, emperadores y princesas de Europa?

A veces, la vida real no es tan difícil como parece, si sabes cómo tratarla.

En sus memorias tituladas "Los Reyes y Yo", Alfred relata con una mezcla de sarcasmo y nostalgia la vida llena de desafíos que tuvo como el proveedor de viviendas de la élite.

En una de sus anécdotas más famosas, nos cuenta sobre el Rey Enrique VIII de Inglaterra.

—¡Vaya personaje! Dice.

—Si alguna vez hubo alguien difícil de complacer, ese fue Enrique con sus ¡Seis esposas¡

—¿Seis? Sí.

Ya es difícil concebir que alguien tenga tantas esposas y aún más complicado imaginar a un hombre que crea que puede mantener una buena relación con todas ellas.

Que claramente no fue el caso de Enriquito, como le decía Alfred, en confianza.

Pero lo que realmente hacía imposible el trabajo de Alfred no era que Enrique tuviera una provisión mayorista de reinas, no.

Sino que ninguna de ellas quería nunca jamás usar las habitaciones que habían sido ocupadas por las otras cinco esposas.

Imagínate el nivel de exigencia.

Si se tratara de un departamento ocupado por cualquier mortal, uno pensaría:

—Ok, voy a cambiar las cortinas, a pintar la pared, tal vez poner una alfombra nueva, Pero no.

Esto era un castillo.

Un gran castillo con un pequeño problema, que involucraba crear pasillos secretos, tronos, y un número cada vez mayor de sillas, que tenían que ser modificadas para que no parecieran usadas.

Es decir, que una reina no podría simplemente sentarse en el trono donde la anterior había llorado amargamente por su vida. No, no, no.

Alfred se vio obligado a idear unos ingeniosos "pasillos secretos" dentro del castillo, pasadizos ocultos para engañar a las reinas creando el efecto que llegaban a un aposento real totalmente diferente y nuevo. .

Eso fue lo que hizo Alfred.

Pues lo que cualquier buen hombre de negocios haría.

Se las ingeniaba para mantener a todos contentos.

A veces, se inventaba habitaciones que ni él mismo había visto.

—¡Pero todo por mantener el negocio en marcha!

Según relata en su autobiografía.

—Lo que no entienden los plebeyos es que el dinero de la realeza, no crece en los árboles, pero si creara castillos a la medida de cada capricho real, lo más probable es que el dinero sí creciera, por lo menos un poco más que el pasto del jardín.

En otra ocasión, Carlos V le pidió a Alfred un castillo, rodeado por hambrientos cocodrilos.

Aparentemente el hombre tenía muchas deudas y no quería que a los acreedores se les hiciera tan sencillo intentar cobrarle.

Más de una de las lectoras, estará pensando que este sistema sería fabuloso para cuando se fueron de compras a lo loco y llegan los resúmenes de las tarjetas de crédito.

Pero bueno ese es otro tema.

Sigamos con la historia de Alfred y don Carlos V.

Claro, uno pensaría que tal solicitud es, al menos, un poquito peculiar. —La de los cocodrilos—

Pero claro, si sos Carlos V tenés el reino más grande de Europa y una corte llena de embajadores, nobles y cortesanos.

¿por qué no pedir algo un tanto extravagante?

¿Quién no querría unos cocodrilos para rodear su palacio? Después de todo, los cocodrilos son, ¡el perro guardián ideal! Bueno, tal vez no el mejor para hacerle mimos en un sillón mientras miras tu serie favorita o para exhibir haciendo piruetas frente a tus invitados en una fiesta, pero sin duda muy efectivos en situaciones de invasión.

¿Te imaginas a los nobles de la época caminando por los parques del rey, mientras se fuman una pipa en los diferentes jardines del castillo y de repente sé cruzaban con un cocodrilo saliendo de un foso?

No es el tipo de sorpresa que te gustaría tener durante tu descanso, ¿verdad?

Alfred, siendo el hombre de negocios pragmático que era, organizó el traslado de cocodrilos desde África en barcos especiales.

¡Sí, barcos especiales!

Porque, por supuesto, no podían trasladarlos de cualquier manera, ni pedirlos por Amazon.

Necesitaban antes y después carretas especiales.

Porque, como todo buen experto en logística sabe.

¿Qué mejor que unas carretas diseñadas especialmente para transportar animales peligrosos que podrían terminar comiéndose a cualquier desafortunado subordinado que se cruzara en su camino?

Obviamente, Alfred también tuvo que lidiar con la burocracia de esos días.

Los requisitos para el transporte de cocodrilos eran excesivos

y por supuesto, había quienes se oponían a la idea de tener cocodrilos en Europa.

Pero, al final, todo se solucionaba con un buen soborno, o como diría Alfred:

"Un pequeño incentivo para que los problemas se resuelvan solos".

A medida que Alfred del Castillo expandía su imperio inmobiliario, la demanda de castillos, palacios y residencias de lujo aumentaba.

Pero con esa expansión llegaban los problemas.

Y no cualquier clase de problema.

¿Alguna vez has tenido que cobrarle el alquiler a un emperador o a un rey sin que te corte la cabeza?

Pues, si no lo has hecho, te aseguro que Alfred sí lo hizo.

Y créeme, las situaciones no eran precisamente sencillas.

Su cliente Luis XV — si, el de los tacos altos— en un arrebato de imaginación, solicitó un palacio sobre un lago.

Hecho completamente de cristal.

Claro, lo que Luis XV no tenía en cuenta era que los cristales no son los materiales más resistentes cuando se trata del clima invernal europeo.

Entonces, Alfred tuvo que diseñar un palacio de cristal que pudiera soportar las tormentas.

La solución finalmente fue simple. Dice Alfred en su biografía. ¡ponerle en el techo refuerzo de plomo!

Así, entre el cristal y el plomo, Luisito pudo contemplar el cielo, pero a salvo de la lluvia, la nieve y el viento.

Eso sí, el invierno en ese palacio era muy frio.

De los que se recordaban por generaciones.

No es que el Rey se quejara, claro, pero sus nobles invitados, sí lo hicieron.

Y Alfred, entre bromas y café, siempre tenía una respuesta.

Luisito está feliz.

Así que.

—"Si no te gusta y tienes frío, puedes ir a tu palacio de barro…".

Así fue como Alfred siguió manejando su carrera, siempre con estrategias ingeniosas para resolver cualquier situación, por más absurda o complicada que fuera.

Porque si algo había aprendido, es que en el mundo de la nobleza, un buen cobrador de alquileres no solo debe tener habilidad para negociar, sino también una gran destreza para mantener el humor.

Y cuando se trataba de reyes y princesas.

¡Nada mejor que un toque de sarcasmo y un par de trucos para mantener la paz en el reino!

Y así, querido lector, puedes imaginar cómo un hombre como Alfred del Castillo pasó de ser un simple "francesito" a ser el mago inmobiliario de los más grandes monarcas de Europa.

¿Quién necesita un simple agente inmobiliario cuando se tiene a alguien dispuesto a resolver cualquier capricho real?

Sin lugar a dudas, el "Francesito" tenía algo que ningún otro agente inmobiliario tendría jamás.

¡Un imperio de cocodrilos, pasadizos secretos y un gran sentido del humor!

Pasaron los años, Alfred del Castillo murió, pero su legado vive en cada palacio o castillo que aún se encuentra en pie, luchando contra el paso del tiempo, las caídas de imperios y por supuesto, los caprichos de los monarcas que en el fondo nunca dejaron de ser niños con gran cantidad de poder y dinero.

Y es que, como decía Alfred:

—Ser dueño de un castillo no es tener el mundo en tus manos, pero si lo manejas bien, puedes alquilarlo todo a quien te plazca

El mundo continúa

—Estoy muriendo. ¿No entendés? Dijo él.

Ella lo miró, muy sorprendida.

Un leve destello de confusión cruzó su rostro, como si a pesar de escuchar esas palabras, no pudiese comprender qué estaban significando realmente.

Era la distancia insondable de las cosas que no tienen sentido.

—Sí.

—Te lo aclaro, dijo él, como si hablara para sí mismo más que para ella.

—En cuarenta y cinco minutos, más o menos, voy a morir.

Hizo una pausa que pareció infinita, sumada a la precisión de su afirmación, tan extraña en medio de la incertidumbre que pareció aplastarla.

Ella no esperaba ese dato tan preciso, en un mundo donde lo más improbable se alza corrientemente como la verdadera amenaza.

—Más o menos. Agregó él entonces, sonriendo casi como una mueca del destino y de forma vacía.

—Tampoco me pidas exactitudes.

—No funciono tan matemáticamente como un reloj suizo, no soy nada de eso.

—Pero lo que sí puedo asegurarte es que el dolor me resulta desgarrador.

—Y no estoy hablando de dolor físico.

Ella lo miró, como si tratara de encontrar una grieta en su rostro o en su discurso.

Algún indicio de que todo eso que había escuchado hasta ese momento, no era más que una broma pesada.

Nada más que un juego absurdo de alguien que se divierte con la fragilidad de los sentimientos y las palabras.

Pero no.
No encontró ninguna señal de broma en la cara que observaba.
Él estaba serio.
Su semblante era una máscara despojada de toda esperanza, un rostro que apenas se sostenía sobre la piel como un viejo retrato enmarcado, olvidado en una casa vacía.
—Ya se.
Continuó él, sin esperar que ella respondiera.
—Imagino lo que estás pensando.
—No me digas nada.
El silencio que habitaba en ese espacio que compartían, se expandió de manera casi insoportable.
Entonces él decidió agregar mirándola a los ojos, desde la silla desde donde estaba sentado en el otro extremo de la habitación.
—Usar la palabra desgarrador en este momento, a mí también me suena demasiado melodramática.
—Como en esas baratas novelas de televisión antiguas.
—Pero no se me ocurre otra palabra para describir lo que siento.
—Y no, no es solo miedo.
—Es mucho más que eso.
—Es una clase de vacío.
—Una especie de hueco negro que te va tragando poco a poco, que te consume y te hace preguntarte si alguna vez fuiste realmente algo.
Ella estaba de pie en el rincón opuesto de la habitación, apenas iluminada por una lámpara blanca colgada del techo de poca potencia que proyectaba más sombras de lo que alumbraba.
Lo observaba con una mezcla de miedo y desconcierto.
Sintiendo que su cuerpo estaba allí, estático.
Casi como una de esas esculturas blancas que presiden las entradas de grandes mansiones antiguas.

Pero dentro de su mente todo era una tormenta, una marea embravecida de pensamientos qué rebotaban y chocaban a punto de producirse un "Big Bang".

Y los sentimientos que la atravesaban no sabían cómo encontrar su salida, antes de que su cuerpo explotara.

O eso sentía.

Él continuó hablando, pero ahora parecía más distante.

 Como si su voz viniera de un lugar muy lejano.

—Aterrado estoy. Dijo.

—Aterrorizado, si querés saber la verdad.

—Porque siento que mientras hablamos, el tiempo se me escurre y ya no hay nada que hacer.

—La sensación de vacío infinito me invade, me arropa, me absorbe como si fuera la última gota de agua en el desierto.

—Y lo más terrible, sabes.

—Es que no creo en nada.

—Ni en la reencarnación.

—Ni en el cielo

—Tampoco en el paraíso prometido.

—No creo en nada.

—Nunca lo hice.

—Mucha gente no creyente, critica a los que son fieles a tal o cual creencia.

—Te confieso que pese a no creer nunca en ningún poder mágico o religioso.

—En privado algunas veces sentí envidia de ellos.

—Porque en casos extremos, tenían donde depositar su angustia y esperanza.

El aire en la habitación se tornó más cargado, como si por un instante hasta el mismo espacio se hubiera detenido.

Para poder escuchar lo que estaba por decir.

—Ni siquiera cuando atravesé esos momentos difíciles.

Continuó hablando más lentamente ahora, como si cada una de las palabras tuviera un peso imposible de cargar.

—Esos momentos que nunca olvidas.

—Cuando la vida se tambalea y casi te arrastra por el suelo.

—Ni siquiera entonces me aferré a esas ideas de consuelo.

—Nunca lo creí.

—¿Sabes qué hacía en esos momentos?

—Simplemente dejaba que el tiempo pasara, como si el transcurrir de las horas fuera lo único que podía aliviar el dolor.

— Y claro, cuando me dieron el parte médico, me dijeron que era cuestión de tiempo.

—El tiempo es un ladrón que nunca se detiene.

Una pequeña brisa entró por la ventana, moviendo las cortinas con suavidad.

Por primera vez los dos prestaron atención al exterior.

Las calles con su tránsito habitual de gente caminando por las veredas, circulaba bajo los paraguas para protegerse de una suave llovizna.

El cielo estaba gris.

Él observó la habitación, sus ojos recorriendo los blancos impolutos de las paredes, el brillo inmaculado del mobiliario.

Todo estaba en su lugar, pero nada parecía real.

Todo estaba demasiado limpio, demasiado perfecto.

Como si la muerte misma hubiera ordenado el lugar, ajustando cada objeto en su sitio para que nada interfiriera con lo que estaba a punto de suceder.

—En este momento, dijo él con su voz quebrándose.

—El dolor se apodera de mí.

—Puedo verlo.

—Puedo sentirlo.

—Como una masa verde, tan verde que quema.

—Una especie de neón en la oscuridad y esa cosa, esa cosa se va arrastrando por mis piernas. Como si fuera una tinta venenosa subiendo lentamente hacia mi pecho, hacia mi cabeza, hacia donde ya no queda más espacio para nada.

—¿Lo entendés?

Ella no respondía.

¿Qué podría decirle?

Él ya había hecho su propia descripción del abismo, un abismo que se reflejaba en sus ojos.

El terror que él sentía era tan palpable, tan cercano, que se hacía casi imposible de ignorar.

—Te voy a relatar una historia, continuó él.

Su tono era ahora más bajo, más cercano a la confesión.

—Un hombre, un viejo centroeuropeo, me dijo una vez cuando yo era un joven de veintipocos, que la muerte avanza como un elefante.

—Así me lo dijo en su español torpe, pero con una claridad que aún hoy me persigue y que, en ese momento, pleno de vitalidad no di mucha importancia, sin embargo, lo recuerdo.

—La muerte. Me dijo.

—Avanza como el elefante. Lenta pero siempre hacia adelante.

—Como si no pudiera detenerse.

—Y la idea de que no hay vuelta atrás, de que todo lo que uno es va a disolverse como el humo, esa idea.

—Eso es lo que me consume.

Un espasmo recorrió su rostro.

Ella lo miró y por un instante pareció que él no estaba allí.

Parecía una sombra más que una persona, un espectro que vagaba por una habitación demasiado blanca, demasiado silenciosa.

La muerte ya no era una abstracción para él.

Era una presencia.

Una entidad que lo observaba desde las penumbras, que lo llamaba suavemente, como el susurro del viento a través de una rendija cerrada.

—¿Sabes? Dijo mirando hacia algún punto invisible en la habitación.

—Mientras las imágenes de mi vida desfilan a la velocidad de la luz, no siento nostalgia.

—No hay ningún impulso por recordar los días felices.

—No. Todo se ha vuelto gris.

—Mi memoria está llena de aquellos momentos que desearía olvidar, de las pérdidas que no pude evitar, de los amores que nunca pude salvar.

—Y ahora, en este instante, todo el amor y la felicidad desaparecen. ¿lo ves?

— Desaparece de mi mente, como si nunca hubiera existido, como si la muerte la hubiera absorbido.

Ella aún estaba allí inmóvil, atrapada en su propia incredulidad.

Pero ya no podía escuchar las palabras con claridad.

Su presencia en la habitación era como una distorsión, un eco lejano que no sabía si provenía del interior de su mente o del mundo exterior.

—Pero en algún momento no estará más. Continuó el.

—Como una sombra desvanecida.

Dijo el, con un suspiro que le salió del pecho como alguien que ha visto demasiado.

¿Sabes? Uno imagina que, al atravesar estos momentos terribles, va a necesitar de alguien a su lado.

Pero cuando finalmente llegan.

Te das cuenta de que lo único que deseas, es estar solo.

Solo en la quietud, sin palabras, sin promesas vacías.

Silencio.

— ¿Y luego? Preguntó ella, apenas susurrando.

—No lo sé. Respondió él.

Su voz transformada ahora en apenas un eco.

—La tierra sigue girando.

—La vida continuará, aunque yo ya no esté.

— El sol iluminará con su luz cambiando de color.

—Y yo... bueno, yo desapareceré.

El aire en la habitación se espesó nuevamente y era casi insoportable.

Un leve murmullo de viento atravesó la ventana y el mundo afuera siguió su curso imparable.

Y aunque nada más se escuchó.

En algún lugar el alma de él ya se estaba alejando, desvaneciéndose, como una brisa fría en una noche que no entendía nada.

¿Quién sabe qué será de él?

¿Quién sabe dónde habitara su ser?

Ya, ahora, en este mismo momento.

Tampoco muchos se lo preguntan.

Sopla una pequeña brisa.

Y el mundo con su inexorable ritmo, continúa.

El Espejo y la Máscara

Se cuenta que, en una ciudad cuyo nombre ya se ha perdido en el olvido, vivió un hombre obsesionado con ser querido por los que lo rodeaban, admirado por su círculo laboral, apreciado por el mundo.

Nadie recuerda ahora el nombre del hombre, ni de la ciudad. Ni siquiera aquellos pocos que aún viven en sus ruinas, restos dispersos que se desvanecen a cada paso.

Solo se sabe que la ciudad estuvo a orillas de un río profundo de aguas brillantes, que según contaban parecía una serpiente inmóvil, pero cuyo cauce recorría lentamente el espacio y el tiempo, como si transportara no solo aguas, sino también recuerdos.

En este lugar olvidado, de calles estrechas y patios que se llenaban de la bruma por la tarde, vivió este hombre cuya vida se tejía con hilos de desesperación y deseo.

Era un hombre común en apariencia, pero con un alma marcada por una sed insaciable, la necesidad de ser visto, de ser amado, de ser reconocido.

No había conversación en la que no midiera sus palabras, ni gesto que no ensayara antes frente a un espejo.

En la penumbra de su habitación, un espejo antiguo, cuyas dimensiones desbordaban las de una simple superficie reflejante, era su único amigo.

Sus ojos, que brillaban como si aguardaran siempre algo más, se perdían en sus propios reflejos, buscando en ellos una verdad que no alcanzaba a entender.

Cada mañana al despertar, él se miraba en el cristal y se ajustaba la ropa, a menudo sin percatarse de que las arrugas de su alma ya no podían ocultarse con gestos precisos.

Lo que intentaba mostrar al mundo no era su rostro, sino una máscara.

Una máscara con la que gustar.

Esa máscara se iba afinando día tras día, se iba perfeccionando y el hombre llegó a creer que la ilusión que presentaba era de alguna manera, más real que su propia esencia.

Los que lo rodeaban no lo veían nunca tal como era.

Pero ese detalle no lo preocupaba en absoluto.

Su único y verdadero deseo era ser aceptado, querido, aplaudido.

Los vendedores ambulantes de la plaza, los niños jugando entre los rincones polvorientos, las mujeres que colgaban sus ropas al sol; todos ellos y hasta sus compañeros de trabajo y contactos comerciales, solo veían la máscara.

Un rostro que sonreía siempre, que nunca se quebraba.

Los pocos que alguna vez miraron más allá de eso, afirmaron haber encontrado un vacío, un pozo sin fondo en sus ojos, como si el hombre se hubiera ido perdiendo poco a poco, ahogado por sus propios esfuerzos.

Se decía que la ciudad había sido fundada sobre un terreno inestable, un suelo que parecía desmoronarse lentamente bajo los pies de sus habitantes, como si la misma tierra estuviera intentando desprenderse de las sombras de su pasado.

Las casas construidas de piedra gris, en su gran mayoría tenían ventanas estrechas, cubiertas por cortinas que nunca lograban filtrar la luz completamente.

Las calles eran laberintos de adoquines, cuyos bordes se deslizaban por la humedad que arrastraba el viento del río cercano.

El río era tan profundo que parecía devorar la luz y recorría la ciudad con la calma de un animal que ha visto mucho, que arrastra consigo los conocimientos del tiempo.

Los edificios se alineaban proyectando sombras, intentando ocultarse del sol, del mismo modo que el hombre buscaba en su propia existencia, esconder algo.

Algo que no podía nombrar.

Tan oscuro como el reflejo en el agua del río.

El hombre cuyas ropas siempre estaban impecables, se desplazaba por la ciudad como un espectro entre los vivos.

Nadie le prestaba atención o al menos eso pensaba él.

Cada mirada, cada gesto de los demás, lo analizaba con una precisión que rayaba en la obsesión.

No había encuentro que no terminara con una sonrisa calculada, con un saludo perfectamente estudiado minuciosamente en los solitarios ensayos de su habitación.

En la penumbra de su morada, el único consuelo era el espejo.

Un espejo que ya no era solo un objeto, sino un compañero de soledad, una frontera entre lo real y lo ilusorio.

Era grande, de marco dorado y antiguo, con inscripciones que ya nadie podía leer.

El hombre se encontraba frente a él cada mañana, buscando en su reflejo la perfección que le faltaba en su alma.

Esperando encontrar ese detalle que cautivara al mundo.

El espejo no le devolvía un rostro, sino una máscara.

Su rostro era cada vez menos suyo.

La expresión que mostraba, aunque siempre cálida y amigable, no correspondía al vació que sentía dentro.

Se encontraba ante un reflejo que le era ajeno, como si alguien hubiera colocado en su lugar una figura de cera, impasible y fría.

Compuesta por el cúmulo de los deseos de los demás.

Al menos eso suponía el.

La ciudad, con su continuo murmullo de vida, parecía ignorar este proceso.

En la plaza, nuevamente y día tras día ,el sol golpeaba con fuerza sobre los vendedores ambulantes, las mujeres que tendían la ropa al sol y los niños que jugaban felices a la escondida entre las ruinas de lo que alguna vez fue la grandeza de la ciudad.

No obstante, el hombre siempre sentía una profunda desconexión, como si su existencia fuera una interpretación equivocada de su propia imagen.

Una tarde, mientras paseaba por las calles estrechas, se encontró con una mujer misteriosa, de edad incalculable que parecía haber vivido todas las etapas de la eternidad.

La mujer, llevaba ropas sencillas y caminaba a un paso lento, cada movimiento era el resultado de una sabiduría que no pedía ser reconocida.

Su mirada profunda y serena, captó la atención del hombre quien, sin saber por qué, se detuvo a escucharla.

Aunque parecía hablar con alguien que no estaba allí.

— ¿Por qué buscas lo que ya tienes? —preguntó la mujer, con voz que parecía surgir de las sombras.

—No se puede pedir amor, ni simpatía, ni reconocimiento.

—Lo que busques será siempre inalcanzable, mientras sigas empeñado en buscarlo en los demás.

El hombre la miró, desconcertado.

Nunca había oído una verdad tan cruda.

La mujer continuaba hablando, pero ahora su mirada se dirigía a él.

— El amor y la aceptación no son más que espejos rotos.

—Cada vez que te miras en ellos, te reflejas solo a ti mismo.

—No busques en los ojos ajenos lo que ya reside en ti.

—"Aquellos que te aman lo harán sin esfuerzo y aquellos que no te quieren, jamás lo harán por mucho que te esfuerces".

El hombre se sintió incómodo, como si la mujer hubiera desnudado su alma, y la hubiera dejado frente a él sin protección.

No respondió.

Solo sonrió, pero esa sonrisa no era suya.

Era una máscara, un gesto aprendido que aún no podía abandonar.

—Gracias, señora. Respondió y dio media vuelta perdiéndose entre las sombras de la ciudad.

Pasaron los días.

La vida seguía su curso, pero para el hombre, cada día era más una lucha.

Una pelea interna, un vaivén entre la imagen que proyectaba al mundo y el vacío que sentía al mirarse en su reflejo.

Las calles de la ciudad, aunque repletas de gente, parecían estar más desiertas cada vez.

Los edificios grises y silenciosos, ahora cargaban con un peso invisible, como si también ellos esperaran algo que nunca llegaría.

La máscara del hombre se perfeccionaba, sí.

Ya no era una simple fachada, sino una obra maestra de la ilusión.

Los comerciantes en la plaza, las mujeres en los patios, los niños corriendo por las calles, todos lo veían.

Nadie lograba penetrar más allá de la máscara.

Ninguno notaba el vacío que se apoderaba poco a poco de su ser.

Una tarde, tras una reunión en la que finalmente recibió el aplauso que tanto había anhelado, regresó a su habitación satisfecho y entusiasmado.

El aire estaba cargado de una quietud extraña, parecía que el tiempo había dejado de moverse por un momento.

El reloj en la pared, un antiguo artefacto de metal y madera, marcaba las horas sin prisa, como si supiera que al hombre ya no le quedaba mucho tiempo.

Se acercó al espejo con esa carga de excitación que le había dejado el aplauso que había significado el ansiado reconocimiento y lo que divisó fue un horror.

No había reflejo en absoluto.

La máscara que se había forjado durante tantos años ya no le devolvía la imagen de su rostro.

En su lugar, solo había un vacío oscuro, una neblina espesa que se tragaba el espacio.

Desesperado tocó el cristal, lo limpió, pero la situación no se modificó.

Era como si el espejo hubiera cobrado vida propia, transformándose en un umbral hacia un lugar del cual ya no podría regresar.

Sintió un estremecimiento profundo en su pecho y luego en todo su cuerpo.

Por primera vez, comprendió lo que había hecho.

Se había convertido en la máscara misma.

Sin saber qué hacer, salió a las calles.

La ciudad, que alguna vez lo había recibido con indiferencia, ahora lo ignoraba por completo.

Caminaba entre las sombras de los edificios que se desmoronaban lentamente bajo la presión del tiempo.

Nadie lo veía.

Nadie lo reconocía.

En la plaza el viento arrastraba hojas secas, que danzaban como si tuvieran vida propia.

Un grupo de niños pasaba corriendo, sonriendo, jugando.

Uno de ellos se acercó al hombre, mirándolo con curiosidad.

— ¿Por qué está tan triste, señor? Preguntó el niño con una sonrisa ingenua.

El hombre cuya voz ya no era la suya, susurró sin pensar.

— Porque ya no sé si existo.

El niño lo miró con una mezcla de desinterés y curiosidad, antes de correr nuevamente con sus amigos.

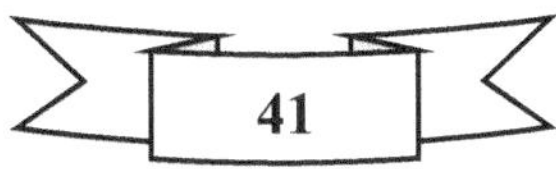

El hombre observó sus propios pasos, pero ya no los sentía.

Era como si estuviera caminando sobre una nube espesa que lo separaba del mundo tangible.

La ciudad, ese laberinto de sombras y piedras, se mantenía inmóvil, aguardando el final de algo que jamás se consumaría.

Los habitantes, ahora dispersos en las ruinas, deambulaban fantasmales buscando en cada esquina un vestigio de lo que fue su vida cotidiana.

Parecía que el tiempo al igual que el río que la atravesaba, hubiera dejado de avanzar y la ciudad se hubiera convertido en un relicario de un pasado imposible de recuperar.

El hombre caminaba entre ellos, una sombra dentro de otra sombra.

Ya no sentía el peso de sus pasos sobre la tierra; su cuerpo parecía liviano, casi etéreo, ya era parte de esa niebla persistente que cubría cada rincón.

Nadie lo veía, nadie lo reconocía.

Su alma, ahora vacía, había dejado de buscar en los ojos ajenos alguna señal de existencia.

El espejo en su habitación ya no era su único refugio; había dejado de ser un espejo porque ya no reflejaba más que la nada.

Recorrió con desesperación los rincones de la ciudad sin rumbo, cruzando una gran avenida, donde las hojas secas volaban como aves perdidas.

Los edificios con sus ventanas rotas y sus fachadas caídas, parecían mirarlo sin mirar, la misma arquitectura había decidido no ser testigo de su agonía.

La luz del atardecer teñía todo con una tonalidad gris casi enfermizo, el sol se desangraba antes de desaparecer detrás de las colinas.

En una zona oscura de ese barrio, en la sombra de una puerta cerrada, se encontraba un pequeño mercado abandonado.

Se aventuró a entrar abriendo con temor esa destartalada puerta.

Descubrió algo que lo sorprendió.

En el suelo, entre montones de polvo y objetos olvidados, descansaban pequeñas esculturas rotas, cajas llenas de recuerdos marchitos.

También la imagen de un hombre tallada en madera yacía en el suelo, su propio rostro desfigurado por el paso del tiempo.

El hombre que ya no era más que un eco, se agachó junto a la figura rota y observó lo que fuera su imagen, reflejada en la madera astillada.

El viento al pasar susurraba en su oído, pero él no escuchaba.

Había dejado de oír incluso su propia respiración.

En ese momento, comprendió que no solo había perdido la imagen en el espejo, sino que también había perdido el sonido de su ser, el crisol de su existencia.

Alzó la vista y reconoció una figura parada en el umbral de la plaza.

Era la mujer que le había hablado aquella vez, que ahora parecía mayor si eso era posible y más lejana también.

Su cara estaba oculta por la penumbra que proyectaba su gran pañuelo de seda de colores imposibles y sus ojos brillaban con una luz que el hombre ya no podía comprender.

La mujer comenzó a caminar con una calma infinita, como si cada paso que diera fuera el último y el hombre sin saber por qué, la siguió esperando que pudiera ofrecerle la respuesta a su vacío.

— ¿A dónde vas? Preguntó el hombre, en un murmullo que no sabía si provenía de su mente o de su garganta.

La mujer no respondió inmediatamente.

Sus ojos profundos y sabios, lo miraron con la compasión de alguien que ya ha recorrido los caminos del dolor y la desesperación.

Finalmente, habló.

— No busques respuestas en el exterior.

—Las respuestas que buscas se han ido y no volverán.

—Lo que intentas encontrar en los ojos ajenos, lo perdiste hace mucho tiempo, mucho antes de que comenzaras a construir tu máscara.

El hombre no dijo nada.

Las palabras de la mujer que habían sido tan claras en su mente en otro momento, ahora eran jeroglíficos que jugaban con su conciencia.

Su alma tan desesperada por encontrar algo, ya no podía comprender lo que se le decía.

Había perdido el hilo, la conexión, la verdad.

Caminó junto a la mujer sin rumbo, como una sombra siguiendo a otra sombra.

No había nada que lo detuviera, ni siquiera la ciudad que se desmoronaba a su alrededor.

Los edificios se desplomaban lentamente, ellos también querían deshacerse de todo lo que alguna vez fueron.

Cada ladrillo caído era un símbolo de la decadencia y cada grieta que se abría en la calle era un recordatorio de lo efímero de la existencia.

El río que había sido el único testigo de los años perdidos, ahora parecía un serpenteante río de cenizas.

Las aguas turbias y sin vida avanzaban sin prisa, como si ya no tuvieran un destino claro.

Y el hombre que seguía a la mujer, la miró por un instante.

Algo en sus ojos le recordó al espejo, al reflejo que ya no existía, a la máscara que había dejado de serlo.

—¿Alguna vez has considerado la idea de que nunca exististe realmente? Preguntó la mujer, como si leyera sus pensamientos.

El hombre la miró con incredulidad y la pregunta resonó en su interior con una fuerza inesperada.

—¿Nunca existí realmente?

La idea lo atravesó como una flecha, pero no podía dar respuesta.

No sabía si debía reír o llorar.

El vacío que sentía se expandió aún más y por primera vez en mucho tiempo experimentó una sensación extraña.

Una mezcla de terror y alivio, como si al perderse por completo, finalmente pudiera dejar de buscar.

—¿Qué significa existir, si ya no hay nadie para reconocerme ,para admirarme, para aplaudir mis logros? Murmuró el hombre.

La mujer lo miró con tristeza, pero no dijo nada más.

Continuaron caminando, mientras la ciudad se hundía a su alrededor, en un lento y silencioso naufragio.

El hombre sentía cómo su alma se alejaba de su cuerpo y la máscara se estuviera desintegrando, disolviéndose en el aire.

Y por fin comprendió que no importaba cuán perfecto fuera su reflejo, ni cuántos aplausos recibiera.

Había estado buscando siempre algo fuera de él, cuando lo único que había tenido siempre era la sombra de su propia alma perdida en la oscuridad del olvido.

En la plaza, el sol ya se había puesto y la luna comenzaba a asomarse tímidamente por el horizonte.

Ya no había niños jugando, ni amantes paseando.

El viento soplaba con una fuerza renovada y las hojas secas seguían danzando en el aire.

Pero el hombre, que ya no era un hombre, no sentía el viento, ni el frío, ni la luna.

Solo caminaba vacío por un mundo que ya no era suyo.

El hombre ya no sentía el paso del tiempo, la ciudad misma lo había engullido en una eternidad que no ofrecía ni esperanza ni desesperación.

Ese lugar era ahora un conjunto de ruinas, había dejado de ser la ciudad que una vez fue.

Las calles, ahora casi irreconocibles, eran simplemente surcos profundos en la tierra, la urbe había sido arrasada por el mismo río que siempre la había acompañado, pero en lugar de agua la destrucción había sido de polvo, de escombros y de recuerdos deshechos.

La luz del Sol, que antes pintaba de oro las fachadas de las casas, ya no existía.

La penumbra era la constante.

Las sombras ya no caían al final de la tarde; se deslizaban lentas por las paredes con vida propia.

En los diferentes rincones de la ciudad, pequeños grupos de personas se agrupaban, buscando consuelo en la compañía de los demás, pero nunca miraban hacia el hombre.

Nadie lo veía.

La mujer y el hombre seguían caminando sin rumbo, avanzando a través de esta ciudad que había perdido su forma, que había dejado de ser un hogar para convertirse en un museo de la desolación.

Cada paso que daban parecía alejarse más de la realidad, como si ya no caminara sobre la tierra, sino sobre una capa fina de niebla que lo mantenía suspendido entre el ser y la nada.

— ¿Alguna vez has pensado que la ciudad misma está viva? Preguntó la mujer observando al horizonte con una mirada distante.

El hombre se detuvo, pero no comprendió bien la pregunta.

En su mente las palabras se desvanecían como si fueran humo.

No podía comprender nada más allá de su propio vacío.

Se limitó a asentir lentamente, como si esa respuesta fuera la única posible.

— Las ciudades, al igual que las personas, nacen, viven y mueren. Continuó la mujer, con una voz cargada de melancolía.

—Y cuando ya no tienen alma, se convierten en un lugar donde lo perdido resuena entre sus calles vacías.

—Nosotros también estamos condenados a seguir esa misma ruta, sin importar cuánto tratemos de escapar.

El hombre se esforzó en reflexionar sobre las palabras pronunciadas por ella, pero su mente no lograba alcanzarlas.

Sus ojos vacíos, se perdían en el horizonte donde las sombras parecían fundirse con el río y que ahora avanzaban con una calma aún más inquietante.

El agua oscura y espesa, llevaba consigo fragmentos de lo que alguna vez fue y lo arrastraba todo hacia lo desconocido.

El río, esa serpiente inmóvil, parecía ser el último vestigio de un mundo que había desaparecido.

Mientras caminaban, el hombre sin darse cuenta comenzó a preguntarse si alguna vez había existido una verdadera conexión entre él y el mundo a su alrededor.

¿Había sido él quien había perdido su reflejo o había sido la ciudad misma la que lo había absorbido hasta hacerlo desaparecer?

¿Había alguna diferencia entre su alma perdida y las calles desmoronadas que lo rodeaban?

Un escalofrío recorrió su cuerpo y por un breve momento, un destello de claridad iluminó su mente.

Pero solo fue un instante fugaz, un rayo que atraviesa veloz la oscuridad antes de desaparecer.

El hombre se detuvo y miró a la mujer.

—¿Por qué sigues conmigo? Preguntó con una voz que ya no era la suya, una voz vacía, carente de tono.

La mujer no respondió de inmediato.

En lugar de eso, se detuvo frente a una vieja estatua de piedra que se encontraba en el centro de lo que había sido un parque.

La estatua representaba a un hombre, pero su rostro se había erosionado hasta convertirse en una masa informe de piedra.

Solo sus ojos vacíos y profundos seguían siendo visibles, Simulando contemplar algo que los demás no podían ver.

—Algunas veces, la respuesta que buscamos no está en las palabras, sino en el silencio que hay entre ellas.

Dijo la mujer hablando para sí misma, pero el hombre la escuchó con la misma atención con que había seguido cada palabra.

El viento sopló más fuerte, arrastrando polvo y fragmentos de escombros.

La mujer no se movió de su lugar y el hombre la observó, ahora con una mezcla de admiración y desconcierto.

Era igual que la ciudad, la mujer se estaba desmoronando lentamente, pero lo hacía con la elegancia de alguien que había aceptado su destino mucho antes de que la decadencia se apoderara de ella.

—La ciudad te ha olvidado. Agregó la mujer, como si leyera sus pensamientos.

—Eres parte de su olvido y por eso sigues caminando entre sus ruinas.

—No puedes regresar porque nunca fuiste lo que pensaste que eras.

—Y la ciudad como el río, arrastra todo lo que no puede recordar.

Las palabras de la mujer resonaron con una claridad que penetró en la profundidad de su ser.

El hombre comenzó a sentir una presión en su pecho como si algo estuviera apretando su alma, exigiendo una respuesta, una reacción que él ya no podía dar.

Era todo lo que había hecho, cada esfuerzo por ser visto, por ser amado, todo eso ahora era una mentira que lo consumía desde adentro.

La mujer sin esperar respuesta, dio un paso atrás y comenzó a caminar lentamente hacia el río.

El hombre la siguió sin comprender por qué lo hacía, sin saber siquiera si aún tenía voluntad para decidir su camino.

Las aguas del río, ahora negras como la noche más profunda, avanzaban implacables arrastrando con ellas todo lo que se encontraba en su camino.

El hombre que antes había sido consciente de cada uno de sus pasos, ahora caminaba sin sentido, casi una figura que ya no pertenecía a este mundo.

Llegaron a la orilla, donde la mujer se detuvo y miró las aguas con una expresión de serena resignación.

—Este río es el último vestigio de todo lo que has buscado. Dijo la anciana.

Aquí se encuentran los recuerdos de todos aquellos que, como tú, intentaron encontrar algo más allá de lo que podían ser.

El hombre se acercó al borde del agua, pero no se atrevió a mirar dentro.

Había algo en esas aguas que lo repelía, algo oscuro, insondable, que lo hacía sentirse como una partícula perdida en el vasto océano del olvido.

La mujer, sin esperar más, se inclinó hacia el río y dejó caer algo en las aguas.

El hombre observando en silencio, vio cómo el objeto desaparecía rápidamente engullido por el río y comprendió que aquello era todo lo que quedaba.

Una figura que alguna vez fue y que ahora se perdía irremediablemente en el abismo.

La mujer se levantó y lo observó por última vez con una mirada llena de una sabiduría inalcanzable y comenzó a caminar nuevamente hacia las ruinas.

El hombre sin entender aún la magnitud de lo que acababa de presenciar, se quedó allí junto al río.

Ya no sentía el peso de su cuerpo, la gravedad misma había dejado de existir.

Solo el río y ese sonido lejano seguía arrastrando todo consigo, en un eterno retorno al olvido.

Y en ese instante, el hombre comprendió que había estado buscando toda su vida algo que nunca podría encontrar.

El reflejo que tanto deseaba, la verdad y el amor que ansiaba ver en los ojos ajenos, no existía.

Solo quedaba el río, la ciudad, y el retumbar de una vida que ya no tenía significado.

Se dice que aún camina entre las ruinas, pero que ya no es el mismo hombre.

Su alma perdida en el reflejo de una máscara, sigue buscando algo que nunca volverá a encontrar.

Su admirado reflejo en el espejo de los demás.

Pero el espejo, como el río, se ha tragado todo lo que alguna vez fue.

La vida es un caos y la sintaxis también

Estaba yo un niño de ocho años, viviendo mi gran aventura. Intentando descubrir el mundo.

Es curioso cómo de pequeño, uno tiene esa necesidad imperiosa de aprender sobre todo, investigar acerca de todo y a veces opinar demasiado sobre todo.

Pensaba que todo en la vida tenía sentido, pero que aún no lo había descifrado.

Claro, me olvidaba de que esa era una falacia más grande que intentar entender lo que pasa en una película de Luis Buñuel sin estar drogado.

En aquel entonces mi obsesión era entender todo lo que me decían, porque estaba convencido de que el sentido de la vida se podía desentrañar.

Suponía que un buen método podía ser el de diseccionar las palabras, así como en biología nos obligaban a diseccionar a las pobres ranas.

Pero con menos crueldad y sin causarme asco.

Mientras leía algún cuento, escrito por alguien a quien admiraba.

Me imaginaba a esos grandes escritores, haciendo malabares con el idioma, al mejor estilo de un artista de circo.

Entonces por la noche soñaba despierto y en mi sueño yo hacía malabares en una pista de circo.

Pero en lugar de las clavas que los malabaristas utilizan, yo me imaginaba haciendo malabarismo lanzando palabras al aire y jugando con ellas.

Mi problema en el sueño, surgía cuando caían todas desparramadas por el piso.

Luego de imaginar la vergüenza que pasaría, continuaba convencido que eso era lo que me gustaba.

En las palabras y su verdadero significado se encontraban en los pequeños detalles.

¡Ay, si tan solo hubiera sido más filosófico y menos literal!

Una de las primeras lecciones de vida llegó de la mano de mi maestra de lengua castellana de tercer grado.

Ella era una mujer seria, con un brillo en los ojos de alguien que está a punto de contar un secreto, pero a la vez con esa capacidad para lograr que una frase como:

"Sintaxis es el orden de las palabras en una oración"

Se sintiera como un golpe bajo, como un contrasentido de la vida.

¡Eso sí que es un ejemplo de sintaxis!

O sea.

¿Cómo puede uno estar tan obsesionado con el orden de las palabras, pensaba yo, cuando el mundo fuera de la escuela se parecía más a un revoltijo de cosas que no se pueden ordenar?

Recuerdo su rostro cuando nos contó con una seguridad que solo alguien que ha corregido miles de cuadernos de ortografía puede tener, que ella estaba casada con un taxista.

Nos miró uno por uno asegurándose de que todos asimiláramos esa información, con el peso y la seriedad que merecía.

Para ella.

Mientras algunos de mis compañeros hurgaban en sus narices, otros intercambiaban figuritas de futbolistas y muchas de las chicas ojeaban una revista de fotonovelas con algún galán del momento.

—Estoy casada con un taxista. Dijo nuevamente.

Y claro, yo no sabía si estaba hablando de su vida personal o si se refería a alguna metáfora literaria.

Como cuando en los libros antiguos te decían que un árbol representaba "la vida misma".

Porque sinceramente, si un taxista representaba el amor, la dedicación y la comprensión del ser humano, yo quería saber qué tipo de taxistas había en su barrio.

Porque en el mío lo único que entendían los taxistas, era cómo cobrar el doble por un viaje desde la estación del tren.

Pero lo mejor vino después.

Cuando intentó explicarnos cómo la "sintaxis" funcionaba en su relación.

Según ella, en una oración el sujeto siempre tenía que estar claramente definido, igual que en un matrimonio.

El verbo, que era como el "mantenimiento", necesitaba ser constante y el complemento directo.

Bueno, ese era el taxista que siempre la cuidaba y estaba dispuesto a llevarla a donde ella quisiera ir.

Pero entonces me quedé pensando.

— ¿y si el sujeto se pierde en el camino o tiene un problema mecánico?

—¿Y si el verbo no puede llegar a tiempo?

—Porque si me pongo a pensar, los taxistas no siempre son tan puntuales.

—¿Y al complemento indirecto?

—¿Quién lo cuida?

Al final me di cuenta que las relaciones humanas, al igual que la sintaxis, viven en un caos completo que intentamos organizar a toda costa.

Pero que nunca tiene ni pies ni cabeza.

Aunque mi maestra nos decía que todo estaba en orden, yo solo veía caos y más caos.

Además, siempre me pareció muy extravagante que una mujer casada con un hombre que tiene un taxi, nos enseñara sin— taxis. —así me lo imaginaba escrito yo—.

Pero volviendo al tema del caos.

¿Alguna vez prestaron atención sobre cómo manejan los taxistas por el centro de la ciudad?

De orden, nada.

Y mientras todo esto ocurría.

Algo en mí comenzó a despertar.

Yo, un niño de ocho años.

Creía que, si no entendía todo, algo malo estaba ocurriendo.

La vida como el sistema de preposiciones y pronombres, parecía no tener coherencia.

Pero fue ahí cuando escuché algo que cambiaría mi vida para siempre.

La expresión "tecnología de punta".

Estaba en el aire, flotando como una nube digital en una película futurista.

"Tecnología de punta" parecía algo maravilloso.

Como un niño curioso que ve algo brillante, me lancé directo a investigarlo sin pensarlo dos veces. Lamentablemente.

Para mí "tecnología de punta" significaba algo muy concreto.

Algo que cambiaría el curso de la humanidad, algo impresionante.

Así que para empezar mi "investigación", me fui directo al lugar donde todo niño debería buscar respuestas: el canasto costurero de mi abuela.

Ahí estaban, como pequeños artefactos de una era olvidada, las agujas de tejer con sus puntas.

¡Claro!, pensé.

Esto tiene que ser la tecnología de punta avanzada.

¿Qué si no?

Eran tan afiladas y sofisticadas que tal vez, en realidad estaban ocultando un sistema de microchips dentro de su cuerpo metálico. Aunque los chips todavía no habían sido inventados.

Al menos los electrónicos, porque en la panadería si tenían chips de jamón y queso.

Pero esa es otra historia.

Aunque lo único que descubrí, es que esas agujas servían para que mi abuela tejiera suéteres y bufandas que a nadie le importaban.

Lo que más me molestaba era que, por mucho que me concentrara, las agujas no se conectaban a internet ni me daban acceso a un sistema de inteligencia artificial y los sweaters que tejía mi abuela con sus agujas eran feos y picaban mucho.

No había nada que me diera acceso a una real "tecnología de punta".

Entonces desesperado, miré el televisor blanco y negro que estaba en la esquina de la habitación.

La señal era tan mala que solo se veía en forma de líneas horizontales, como si estuviéramos tratando de sintonizar el canal 2 desde el espacio exterior.

Fue entonces cuando se me ocurrió una brillante idea.

¿Y si las agujas de mi abuela pudieran servir como antenas?

Rápidamente las inserté en el televisor mientras mi abuela me miraba como si acabara de abrir un portal Inter dimensional con la ayuda de una aguja de tejer.

Y al final como siempre me ocurría con la tecnología, lo que obtuve fue un dolor en el dedo por una descarga eléctrica y una reprimenda de parte de mi abuela, quien como toda persona racional, entendía que la verdadera "tecnología" era saber qué hacer con una aguja y un ovillo de lana.

En ese instante comprendí lo más importante de todo.

La tecnología de punta en realidad está depositada en las manos preparadas de la gente que sabe cómo usarla.

Como, por ejemplo, la mayoría de los dictadores que deseen comenzar una guerra nuclear.

El problema como siempre, es que en el momento que descubrí que la "tecnología de punta" de mi abuela no era más que una aguja vieja y una bufanda que parecía hecha para un yeti, comencé a preguntarme si la verdadera tecnología estaba más cerca de los materiales en desuso o de los avances científicos que solo existían en las series de ciencia ficción de televisión.

Y así, entre mis investigaciones y desilusiones.

Comencé a notar algo curioso.

Las palabras, los objetos, las personas, todo parecía tener una doble vida.

Las cosas no eran lo que parecían ser.

Claro, muchos pensarían que a los ocho años lo único de lo que uno debería preocuparse es si las tazas de café con leche están completas.

Pero no, a mí me preocupaban las metáforas y el verdadero significado de las palabras.

Cada vez que escuchaba una palabra como "realidad" o "verdad", me preguntaba si realmente esas palabras correspondían a algo que existía fuera de mi mente.

Porque si soy honesto, todo me parecía confuso en el mundo.

El recital, por ejemplo, pensaba.

Es un evento donde nadie nunca recita nada.

El radiólogo trabaja en un hospital y no en una radio.

Y en los locutorios había cabinas telefónicas y no locutores.

Yo estaba convencido que el cartero era como un mago que traía cartas mágicas de lugares lejanos, pero al final solo traía a casa, facturas de gas, electricidad y folletos publicitarios.

¡Eso no es magia!

 Es publicidad, que es una forma muy cruel de magia, por cierto.

Ya que mostraban a una señora que comprando una crema se transformaba en una bella y deseada modelo.

Pero cuando entusiasmadas mis tías iban corriendo a comprar esa crema y se la pasaban por la cara, parecían monstruos.

Mi confusión aumentaba cuando la gente se ponía a hablar de "progreso" "sacrificio" y de "un gran futuro".

Términos que sobre todo utilizan los políticos.

Para mí "Progreso" era el nombre de un club de barrio o una panadería.

Ni hablemos de "Sacrificio".

Cuando escuchaba a los políticos decir que debíamos hacer "sacrificios" para mejorar al país.

Recordaba automáticamente que los emperadores "sacrificaban" a pobres inocentes para congraciarse con sus dioses.

¿Qué es más o menos lo mismo no?

En la escuela, los maestros hablaban de cómo "todo avanzaba".

Pero yo nunca entendí si se referían a la tecnología, al sistema educativo o a los micros escolares en el tráfico de la ciudad cuando salíamos de excursión.

¡Eso sí que es avanzar!

Pero en el caso de la tecnología, como ya me había dado cuenta con las agujas y el televisor, el "avance" parecía estar en el lugar menos esperado.

Es decir, en el lugar donde nadie quiere mirar: el pasado.

No me malinterpreten, yo también quería estar a la vanguardia. Imagínense.

Un niño de ocho años con un teléfono móvil, enviando mensajes de texto a sus amigos y organizando su día.

¡Qué adelantado sería!

Lamentablemente a mis ocho años, ni si quiera teníamos teléfono fijo en algunas casas.

Por esa razón en lugar de eso, me pasaba horas jugando con mi "tecnología de punta", que no era más que un trozo de cartón corrugado con botones de colores dibujados a mano y un poco de cinta adhesiva ,simulando esas computadoras que veía en las series de ciencia ficción.

A veces, me preguntaba si mi abuela sabía que, en el fondo, su tecnología —es decir, sus agujas, su costura y su televisor de 1962— era mucho más eficaz que todo lo que los científicos estaban inventando para el futuro.

La "tecnología de punta" al final siempre es más punta cuando uno no la ve venir y te pincha por sorpresa como a veces hacía mi primo.

Un día mientras pensaba en todos estos enredos de la vida.

Me encontré con una vieja revista que había encontrado en el sofá de la casa.

La revista estaba tan desactualizada que el presidente de la portada era alguien que ni siquiera conocía.

Claro, era de la época cuando las fotos aún se tomaban con cámaras que necesitaban rollos de película y manivela.

Pero curiosamente, dentro de esa revista encontré un artículo sobre "innovación tecnológica" y cómo las personas estaban creando máquinas que harían nuestras vidas mucho más fáciles.

Me quedé mirando la página durante horas, tratando de entender de qué hablaban.

¿Máquinas para hacer nuestras vidas más fáciles?

¡Eso es lo que siempre nos han dicho!

Pero al mismo tiempo, sabía que esas máquinas seguían sin poder solucionar problemas tan simples como que hoy en día el Wi—Fi funcione bien en cualquier lugar de la casa o que la impresora decida que no va a imprimir nada, ¡solo porque está cansada!

Después de un rato, me levanté de la silla y me fui a buscar una solución más práctica.

Fui al cuarto de mi mamá, donde guardaba sus cosas "importantes".

Entre joyas, cartas, un violín y papeles olvidados, encontré un manual viejo que hablaba de "cómos y porqués" de la vida.

Aparentemente, ese libro era la clave para entender todo lo que ocurría en la Tierra y hasta los inventos que nos prometían las películas de ciencia ficción.

Decidido a descubrir la verdad, abrí el libro en una página al azar y lo que encontré fue un capítulo titulado: "Cómo sobrevivir a la vida cotidiana sin volverse loco".

No pude evitar soltar una risa.

Parecía una guía de supervivencia más que un manual de sabiduría.

Y lo mejor es que la primera recomendación era... ¡no hacer nada!

"¿Por qué complicarte la vida con tantas preguntas?", decía el libro. La vida es como una receta de cocina.

Si no entiendes la receta, no te preocupes, agarra el teléfono y pide comida a domicilio.

Lo que podría haber sido una buena solución al problema.

Si hubiera existido el Delivery en mi infancia o al menos si hubiéramos tenido teléfono en casa para llamar a la rotisería.

Yo no sabía si el autor de ese libro era un filósofo o simplemente alguien que había pasado demasiado tiempo en la fila de un banco al rayo del sol.

Pero lo cierto es que en ese momento comencé a pensar, tal vez la respuesta a todas mis preguntas es hacer como si realmente supiera lo que estoy haciendo.

Decidí probarlo.

Cuando llegué a la escuela al día siguiente, me senté en mi banco y como si nada, empecé a escribir sintaxis como si estuviera resolviendo un rompecabezas.

La maestra, como si supiera que en mi cabeza todo era un caos absoluto, me miró con ojos inquisitivos.

—¿Estás seguro de que estás entendiendo lo que estás haciendo?

Me preguntó, con esa sonrisa condescendiente que solo los profesores dominan a la perfección.

—Por supuesto.

Respondí mostrándole una sonrisa de esas que uno pone cuando no tiene ni idea de lo que está pasando, pero quiere que los demás crean que sí.

 Estoy haciendo sintaxis avanzada.

Dije totalmente convencido.

Lo que pasa es que la tecnología de punta no me deja concentrarme. Ella no pareció entender, pero el resto de la clase me miró como si

fuera el genio que había descubierto una nueva forma de ver el mundo o un loco peligroso.

Y así es como la vida sigue.

Rodeado de confusión, agujas, taxistas, tecnología de punta y yo.

El niño de ocho años, que decidió que, si no entendía nada, simplemente se inventaría que sí lo entendía.

Como alguien dijo.

 "No se debe tomar la vida demasiado en serio, de todas formas, no saldremos vivos de ella".

 Y con eso, me di cuenta de que el verdadero avance de la humanidad no está en las máquinas, sino en cómo nos tomamos a nosotros mismos.

Con un poco de humor y mucha paciencia.

Lo cierto es que después de aquel descubrimiento sobre cómo lidiar con la vida cotidiana.

Las cosas no mejoraron, pero al menos me sentí más cómodo con mi ignorancia.

La gente a menudo afirma que el conocimiento es poder.

Pero yo al ver qué personajes ocupaban las tapas de diarios y revistas, comenzaba a pensar que el verdadero poder era no saber nada y aun así aparentar que lo sabías todo.

Concepto que aprendí de los conductores de televisión y de toda la gente que gobierna nuestro planeta.

Como esa vez que mi tío, un hombre de una sabiduría profunda en todo lo relacionado con el fútbol y nada más, me explicó que la vida era como un partido de fútbol.

A veces uno gana, a veces uno pierde, pero siempre lo importante es competir y mantener la camiseta limpia, me dijo.

Mirando con cara seria la televisión, mientras su equipo perdía 4-0 en el minuto 15 del primer tiempo.

Quizás su sabiduría no venía de entender el fútbol, sino de saber que la camiseta limpia siempre era lo más importante.

Eso me hizo pensar que tal vez los problemas de la vida son como un partido de fútbol, pero con reglas que nadie sabe muy bien cómo funcionan.

No hay árbitros y la pelota a menudo está inflada con demasiados "deberías" y "tienes que" que nadie pidió.

Después de mi último intento de "dar una lección de sintaxis avanzada".

Me sentí como un incomprendido filósofo, perdido en el tiempo.

La maestra parecía estar a punto de lanzarme al rincón del aula, donde normalmente ponían a los alumnos "difíciles".

Pero yo me resistí.

Estaba decidido a demostrar que el caos y la confusión no eran algo que uno debería evitar, sino algo que debía abrazar.

Y qué mejor forma de hacerlo que con una teoría completamente absurda sobre el lenguaje.

Así que comencé a hablar de una nueva teoría que inventé en ese mismo instante:

—La sintaxis no es un conjunto de reglas, sino un ejercicio de paciencia mental.

Con voz firme, me puse de pie y expliqué:

—Si el sujeto no encuentra al verbo, el predicado se convierte en un ser libre, como un pájaro que vuela sin rumbo.

Mis compañeros me miraron como si fuera el Einstein del caos lingüístico.

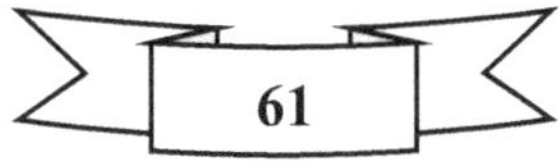

La maestra no sabía si aplaudir o llamar al director para que vinieran del psiquiátrico, pero me dejó seguir.

—Y si el complemento directo no aparece, continué.

—lo que pasa es que se ha ido de vacaciones. Porque los sustantivos también tienen derecho a descansar.

Claro, esto no tenía ningún sentido, pero esa era la magia de todo.

Cuanto menos sentido tenía, más la gente se interesaba.

Mi teoría de la "Sintaxis libre" ya estaba tomando forma.

No me di cuenta, pero había creado un nuevo movimiento filosófico.

¿Quién necesitaba estudiar el orden de las palabras cuando podías crear tu propio orden del caos?

Pero mis días de "filósofo incomprendido" llegaron a su fin cuando, en un ataque de desesperación, la maestra me pidió que le explicara mi teoría con ejemplos prácticos.

¡Oh, claro!

Fue entonces cuando me di cuenta de que no tenía ni idea de lo que estaba diciendo.

Porque si bien podía hablar durante horas de la falta de lógica en la vida, cuando me pedían ejemplos reales me quedaba más vacío que un paquete de papas fritas al final de un capítulo doble de tu serie preferida.

— A ver, ¿me podés dar un ejemplo claro de tu teoría? —

Me preguntó con un tono que hacía suponer que no solo quería entenderlo, sino también que lo escribiera en un libro de texto para generaciones venideras.

En ese momento, me sentí como si estuviera de pie en el centro de una conferencia de prensa internacional, con mil cámaras y micrófonos apuntándome, esperando mi brillante exposición.

La mirada de todos los compañeros de clase estaba sobre mí, esperando una respuesta.

Yo estaba a punto de ceder, de caer derrotado.

Cuando en el último segundo, vi algo que me inspiró.

El estuche de lápices de la maestra, lleno de lápices, marcadores y una goma de borrar que tenía más uso que una impresora en pleno apogeo de los finales en la facultad.

— Claro, el ejemplo perfecto es este estuche. —Respondí, señalando el estuche.—

Ante la mirada atónita de la maestra.

— ¿Ve? Todo está en caos.

—Los lápices están todos mezclados y no saben si quieren estar con los rojos, azules, verdes o marrones y los marcadores no tienen la menor idea de cuál es su propósito.

— Ni hablar de la goma de borrar solo espera ser utilizada, aunque sabe que su única función es hacer desaparecer las huellas del pasado.

—Pero ¿sabe qué?

—A pesar de todo, este caos funciona.

—Como la vida misma.

—El orden, señora maestra es solo una ilusión.

—Lo que importa es la aceptación del desorden.

Todos me miraron, incluso la profesora.

Hubo un momento de silencio absoluto que pareció extenderse en el tiempo, como si todos estuvieran tratando de decodificar mi mensaje profundo.

Y entonces, como si una alarma hubiera sonado en sus cabezas, la maestra me miró con una sonrisa fingida y dijo.

— Creo que necesitas más clases de sintaxis, alumno.

—Y de paso, también podrías necesitar un descanso en la biblioteca.

Era muy claro que había fallado en mi intento.

Pero no me importó.

Había hecho mi trabajo.

Había puesto en duda la realidad, la lógica y el sistema educativo.

Al fin y al cabo, si la vida es un desastre.

¿Por qué no podría serlo también la sintaxis?

Aquel día volví a casa con la sensación de haber descubierto la clave de todo.

No la clave para entender la vida, claro.

Porque aún no tenía ni idea de cómo funcionaba, pero la clave para aceptar que nunca entendería nada y por lo tanto podría vivir libremente en la confusión.

Fue entonces cuando mi mamá me preguntó cómo me había ido en la escuela.

— Todo bien— respondí.

Al igual que responden todos los escolares del mundo para que los dejen ir a jugar o mirar la tv.

Nada que no se pueda solucionar con una buena dosis de absurdo y una pizca de caos, pensé.

Y como si de un momento de claridad se tratara.

Descubrí que mi mamá con su típica mirada de comprensión, me entendió perfectamente o se resignó a tener un hijo extraño.

Porque al final todos entendemos lo mismo.

Que no entendemos nada.

 Pero eso no impide que sigamos adelante.

Después de aquel episodio con la sintaxis —y mi grandioso fracaso filosófico—.

Me di cuenta que la confusión no tenía límites.

Como si la vida fuera un programa de televisión, de esos que no podés dejar de ver, aunque no entiendas nada de lo que está pasando.

Decidí que lo mejor era simplemente seguir navegando en el caos.

La gente lo llama madurar.

Pero yo prefiero pensar que la madurez es simplemente aprender a vivir en el desorden y hacer como si todo tuviera un propósito.

Así que un día.

Muchos años después, me encontré reflexionando sobre otro tema que había estado atormentando mi mente durante semanas.

Las reuniones familiares.

Ah, las reuniones familiares.

Ese es un terreno en el que la confusión florece, como un jardín de cactus en medio del desierto.

Todos hemos participado de esas situaciones en las que, al llegar a la casa de tus parientes, te preguntas si realmente sos parte de la misma familia o si simplemente has sido abducido por una peligrosa secta de personas que se empeñan en seguir reglas extrañas.

Como sentarse a comer mirando un documental sobre la hambruna o discutir sobre el clima como si fuera el tema más importante del universo.

Sobre todo, cuando es gente que nunca, jamás sale de la casa.

Lo curioso es que las reuniones familiares no tienen sentido.

Ya que cada miembro hace como si tuviera su propio guion y todos se lo estuvieran tomando demasiado en serio.

Primero está el tío que indefectiblemente siempre llega tarde, pero se siente obligado a explicar cada minuto perdido como si fuera un héroe que ha luchado contra el tráfico y las leyes del espacio—tiempo para llegar.

Luego está la tía que se pasa toda la comida hablando con lujo de detalles, de la dieta que está siguiendo.

Pero que curiosamente, acaba de llenar su plato con un par de kilos de torta de chocolate.

— "Es que la dieta no me funciona si no soy feliz".

Dice con la boca repleta de torta, mientras todos asentimos en silencio, como si estuviéramos participando en una sesión grupal de terapia psicológica.

Y no olvidemos a la abuela, que siempre tiene la respuesta para todo, pero nunca se acuerda de la pregunta.

Su lógica es tan impenetrable como un agujero negro del sistema solar y cuando alguien le pregunta algo como.

Abuela, ¿cómo está el clima hoy?

Ella responde con una frase mezcla entre filosofía y magia.

Está como mi vida hijo, nublado, pero hay esperanza.

Y en ese momento todos la miramos en silencio, como si acabara de revelar el sentido de la existencia.

Además, es sabido que ella es perfecta, según ella misma y los demás tenemos el monopolio de los defectos del universo.

Pero lo más surrealista de las reuniones familiares es la costumbre de las despedidas.

Porque claro, uno podría pensar que es simplemente un "hasta luego", pero no.

En las reuniones familiares la despedida es un ritual de dos horas que incluye frases como:

Bueno cuídate mucho, que Dios te bendiga.

o Nos vemos pronto.

Aunque nunca sabemos cuándo.

Y cada vez que alguien dice "Nos vemos pronto", todos sabemos que eso es una mentira más grande que la de los políticos que prometen bajar los impuestos, si los votamos a ellos.

Nadie ve a nadie pronto.

Para colmo muchos eligen despedirse por duplicado y ustedes se preguntarán cómo es eso.

La primera despedida "la oficial" la realizan antes de salir de la casa.

Pero luego demoran unas 2 horas más en la vereda.

Diciendo muy rápido las cosas que no tuvieron tiempo de contarse en las 6 horas anteriores, además de saludarse por última vez en el día y vuelven con el hasta pronto.

El "pronto" nunca llega.

"Nos vemos pronto" es solo una forma educada de decir.

"Nos veremos en la próxima tragedia familiar".

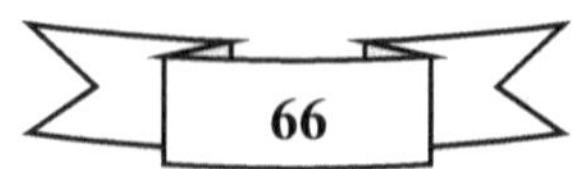

En fin, las reuniones familiares son un caos absoluto, pero de alguna manera, todos lo aceptamos.

Al final, todos estamos tan confundidos que nos resulta más fácil seguir el flujo de las cosas, como cuando uno se sube a un tren sin saber a dónde va, pero decide no hacer preguntas.

Eso es lo que aprendí sobre las reuniones familiares.

No hay respuestas, solo preguntas sin resolver y una carga de confusión tan grande que te da la sensación de que, si alguna vez te atrevieras a preguntar, todo el sistema colapsaría.

Lo que realmente me impresiona es que, a pesar de todo, las reuniones familiares siguen ocurriendo.

Como si alguien estuviera cuidando que el caos no se detenga nunca.

Pero las confusiones no terminan ahí, porque entonces está la vida social.

Ah, la vida social.

Esa esfera de la existencia humana que, al principio, parece sencilla.

Quedar con amigos, compartir una cerveza, hablar de lo que sea.

Pero por supuesto, como todo en la vida, está llena de malentendidos.

Hace poco, me invitaron a una fiesta de cumpleaños de un ex compañero de clase.

De esas que funcionan como reencuentros.

Después de 20 años la gente intentando reencontrarse con sus viejos compañeros de clase.

Nunca mejor dicho "con sus viejos compañeros" porque llegas y están todos avejentados, como vos.

Además, si en 20 años no intente buscarte para verte.

¿Porque supones que tendría ganas de reencontrarme?

La cuestión es que un poco presionado por la opinión y las llamadas insistentes, fui.

Pensé que sería como cualquier otra fiesta.

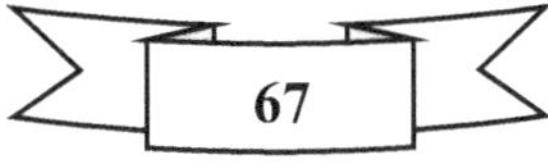

Música, comida, gente hablando de cosas banales y yo tratando de encontrar un rincón donde no me sintiera tan fuera de lugar. Pero no.

Resulta que esta fiesta la imaginaron, no entiendo porque o como con "temas de conversación sorteados".

¿Temas de conversación sorteados?

Pregunte sorprendido.

Me dijeron que la idea era que, en algún momento, cada persona tuviera que hablar sobre un tema específico y nadie podía hablar de nada fuera de ese tema.

Uno era sobre filosofía positiva, otro sobre el futuro de la tecnología —sí, como si no me hubiera aburrido de ese tema— y el mío.

Bueno, a mí me tocó hablar sobre la importancia del color azul en el arte contemporáneo.

¿En serio? Pregunté.

¿El color azul?

Yo, que todavía hago un monigote cuando me piden que dibuje la figura humana.

Me vi atrapado en una conversación sobre el simbolismo del azul en las pinturas modernas.

Estaba tan perdido que lo único que pude decir fue.

— "El azul es... como el cielo, pero también es como el mar.

—Tiene mucha profundidad, ¿no?

¡Eso fue todo!

Lo peor es que todos parecían estar completamente convencidos de que sabía algo sobre arte, como si fuera un experto en colores.

Al final la conversación se desvió y terminé hablando de las diferencias entre los tipos de golosinas.

Porque el azul también es un color muy presente en los envoltorios de las golosinas.

¿Verdad? Todo un desastre.

Y así me di cuenta de que, si algo caracteriza a la vida social, es esa constante presión por aparentar que sabes de algo que, en realidad, no tenés ni idea de qué es.

Igual que en esos momentos en los que alguien te pregunta sobre un tema de actualidad y vos en lugar de decir "No tengo ni idea", preferís responder algo como.

Ah claro, ese tema está muy interesante, lo que sucede es que hay muchas capas e interpretaciones, muchas complejidades.

Y ahí te encontrás, diciendo un montón de palabras, esperando que nadie te haga una pregunta que te deje en evidencia.

Estábamos llegando al final de esa reunión.

Era casi de madrugada, habíamos tomado bastante y uno empieza a comentar cosas que en otro estado jamás mencionaría.

Todo esto lo digo para justificar el hecho que, en ese momento, me pareció pertinente recordar la situación que habíamos vivido a los ocho años en la clase de lengua.

La de mi temprana teoría sobre el caos en la sintaxis como en la vida.

Creo que ese fue el mejor recurso para finalizar rápidamente la reunión, ya que luego de decirlo, todos salieron huyendo.

Cuando regresaba a casa pensé que al menos mi teoría infantil del caos y la sintaxis había contribuido para acelerar las despedidas.

El Crédito impagable

Era una tarde gris de otoño, el viento agitaba las hojas rojizas caídas en las calles de la ciudad, que ya comenzaban a oler a humedad bajo la promesa de lluvia.

Los árboles ya despojados de sus colores, se erguían simulando desnudos espectros de un verano lejano y el cielo se extendía cual lienzo monocromático, como si la estación estuviera a punto de disolverse en un sueño perpetuo.

Un sueño cuya vigilia era la incertidumbre, el mismo tiempo estaba en suspenso, indeciso entre el pasado y el futuro.

La gran ciudad en su mansa quietud sombría, parecía estar esperando algo que nunca llegaría.

En un rincón abandonado de esa ciudad y en cierta calle que nadie mencionaba ya en las conversaciones cotidianas, había un café donde los días se fundían con la calima de la memoria.

El lugar no tenía un nombre, solo una pequeña placa de latón desgastada en la puerta que decía "abierto".

Pero los pocos que se acercaban a este café lo hacían como si fuera una especie de mausoleo, un refugio al que acudían por razones que ni ellos mismos podían articular.

Dentro, las mesas estaban repartidas en un orden que parecía no seguir ninguna lógica.

Algunas eran de madera oscura, otras de hierro que estaba oxidado y todas tenían sin excepción una pátina de tiempo.

Los espejos opacados por la acción de los años, reflejaban con desgano la escena de un mundo que había dejado de existir.

Lámparas de luz tenue colgaban del centro del local, iluminando de manera casi melancólica los rincones más oscuros.

Los murmullos de las conversaciones se entrelazaban con el sonido del café que burbujeaba lentamente en la máquina y que era servido en las tazas de los pocos clientes.

En una mesa del fondo, como una presencia constante, se encontraba Pablo Gutiérrez.

Gutiérrez era un hombre que, a simple vista, era difícil dilucidar.

Sus ropas ya gastadas por el uso, lo hacían parecer aún más viejo de lo que realmente era.

Su rostro estaba marcado por arrugas profundas que intentaban contar historias que él no estaba dispuesto a develar.

Los ojos cansados y enigmáticos, reflejaban la sabiduría adquirida a través de años de experiencias, tanto las buenas como de las otras.

Había sido comerciante toda su vida, pero esa faceta de él ya no existía.

Ahora su mente funcionaba como una calculadora antigua y desgastada, que ya había dejado de hacer cálculos correctamente, pero que seguía insistiendo en hacerlo.

Sin embargo, se intuía en él, una sabiduría que solo da el conocimiento profundo de la vida.

En aquel café que ya casi no existía más que en las memorias de quienes alguna vez lo visitaron, Gutiérrez solía sentarse solo.

Pero dejaba una silla vacía y descorrida frente a él, que de vez en cuando alguien ávido de conocimiento, ocupaba para conversar.

Siempre con una taza de café que se enfriaba lentamente entre sus dedos, mientras observaba el paso del tiempo, como si él mismo fuera una figura atrapada en el cuerpo de un reloj que ya no marcaba las horas.

La atmósfera del café, aunque polvorienta y envejecida, tenía algo mágico, algo que atraía a quienes de alguna manera necesitaban comprender que el tiempo no se detiene para nadie.

Las pocas personas que todavía se aventuraban a entrar en ese espacio lo hacían con la esperanza de encontrar respuestas a preguntas que muchas veces no sabían cómo formular.

Algunos hablaban de los viejos tiempos, otros de las pérdidas que sufrían.

Pero nadie nunca conseguía respuestas definitivas, aunque todos se quedaban un poco más tranquilos al salir, como si un velo mágico e invisible hubiera respondido a sus dudas.

En esa tarde de otoño, en medio de esa quietud casi sepulcral, entró un joven.

Su rostro aún lleno de esperanza, era el reflejo de la juventud que cree que puede conquistar el mundo con la fuerza de su voluntad.

Su nombre era Andrés y no sabía que ese día iba a escuchar frases que lo iban a influenciar para siempre.

Andrés observó el café con curiosidad.

Con su mirada vivaz y actitud impetuosa, detectó a Gutiérrez.

No lo conocía, pero había oído hablar de él.

Era una figura extraña en la ciudad, un hombre que todos veían pero que pocos realmente conocían.

Se acercó a la mesa, vacilante y se sentó sin hacer ruido.

Un lava—copas jovencito cumplía su tarea con delicadeza, parecía no querer interrumpir el silencio que se había instalado en el lugar.

Cuando al fin Andrés levantó la mirada hacia el hombre de los ojos cansados, no pudo evitar sentirse atraído por la quietud de su presencia.

Era como si Gutiérrez estuviera por encima de todo lo que ocurría en ese pequeño café.

Parecía que el tiempo mismo le hubiera cedido un espacio para descansar.

—Señor Gutiérrez —dijo el joven, con una voz cargada de la confianza propia de quien aún no ha experimentado los dolores de la vida.

—Usted que ha vivido tantas cosas. ¿Podría decirme? ¿Cuál es el secreto para no perder lo que uno posee y a los que ama?

La pregunta flotó en el aire, ligera como una pluma ondeando en la brisa.

 Y sin embargo al caer, produjo un sonido sordo en los rincones del café.

Gutiérrez levantó lentamente la mirada, dejando que el silencio entre ellos se estirara.

Sus ojos, dos espejos empañados por los años, parecían evaluar al joven con una paciencia infinita.

No dijo nada al principio, dejando que las palabras de Andrés se disolvieran en el aire, como reflejos de una pregunta que ya había sido formulada miles de veces.

Por fin, después de una pausa que Andrés consideró interminable.

Gutiérrez respondió con su voz grave y rasposa.

—Seguramente no te va a gustar mi respuesta, pero guardala en tu memoria.

Dijo lentamente como quien ya ha dicho estas palabras antes, muchas veces.

—"Intentar retener a alguien que no desea quedarse, es como solicitar un crédito impagable."

Andrés frunció el ceño, perplejo.

Las palabras del hombre lo desconcertaron, sintió que era golpeado por una corriente fría y rápida.

No entendía lo que Gutiérrez intentaba decirle.

Había algo en sus ojos, en su mirada fija, que hacía que las palabras se sintieran como un peso invisible.

El joven con su corazón lleno de certezas, no sabía cómo reaccionar.

—¿Un crédito impagable? Repitió, buscando en la frase alguna pista que lo ayudara a comprender.

—¿Qué quiere decir con eso?

Gutiérrez no respondió de inmediato.

De hecho, pareció perderse en sus pensamientos por un momento, parecía que estuviera buscando las palabras correctas para explicar algo tan complejo.

Finalmente levantó la taza de café, bebió un sorbo, la observó brevemente y luego la dejó en su lugar con un leve suspiro.

—Uno cree que posee lo que en realidad apenas administra —

Dijo con una voz que no tenía prisa por llegar a su destino.

—El amor, como todo lo demás, se presta.

Lo cuidamos, lo alimentamos, pero no lo poseemos.

La tonta ilusión de poseer es lo que nos consume.

Creemos que podemos atrapar lo que amamos, pero el amor, como el tiempo, no se puede retener.

Andrés lo miró, desconcertado.

Las palabras parecían chocar contra su joven idealismo, un muro invisible se levantaba entre lo que pensaba que era el amor y lo que Gutiérrez le estaba diciendo.

No comprendía del todo o quizás no quería comprender.

—¿Pero no cree que si luchamos por lo que amamos y poseemos ,si hacemos todo lo posible por retenerlo, lo conseguimos?

Preguntó, con una mezcla de duda y desafío en su voz.

La pregunta surgía como una defensa contra lo que había escuchado, como si las palabras de Gutiérrez lo desbordaran.

El viejo lo observó con calma y por un momento pareció que la conversación se desvanecía, que el tiempo se detenía entre ellos. Gutiérrez dejó que el silencio los rodeara, aparentando que todo lo que tuviera que decir ya estuviera dicho.

Finalmente, su voz volvió a romper la quietud.

—Intentar retener lo que amamos es una ilusión, muchacho.

Dijo con suavidad.

—Así que pretender creer que podemos aferrarnos a él, como si fuera algo que podemos guardar en un banco o en un cofre, es el principio de nuestra condena.

Andrés se quedó en silencio, mirando la taza de café que Gutiérrez no había vuelto a tocar, esperando que el café, como alguna especie de oráculo le revelara la verdad.

La conversación terminó allí, con un leve movimiento de la mano del viejo, que sugería que ya no había más que decir.

El joven se levantó de la mesa, aún con el ceño fruncido, sin entender del todo lo que acababa de escuchar y sin embargo en desacuerdo con la respuesta.

Los años pasaron.

La vida de Andrés siguió su curso, una existencia llena de cambios, de momentos muy felices y promesas rotas.

De muchas decisiones, algunas buenas y otras no tanto.

Perdió su empleo, pero consiguió otro mejor y económicamente no le iba mal.

Su familia se dispersó un poco al crecer sus hijos que siguieron sus propios proyectos de vida.

La mujer a la que amaba y que era madre de sus hijos, lo dejó sin decir adiós.

Con el tiempo conoció a otras mujeres.

Algunas fueron simples aventuras pasajeras, también se enamoró de otra.

En fin, la vida continuó.

Pero pasado tanto tiempo, en su mente las palabras de Gutiérrez comenzaron a resonar con una claridad que antes no había tenido.

"Intentar retener a alguien es como solicitar un crédito impagable."

Un día, años después, Andrés regresó al café.
Ya no había nada de la magia de antaño en el lugar.

Las mesas estaban vacías y la atmósfera, antes repleta de historias, ahora solo emanaba polvo y olvido.

En el rincón donde una vez se sentó Gutiérrez, encontró un cuaderno de cuentas caído detrás de la pata de una mesa, olvidado entre las sombras del pasado.

Lo levantó un poco emocionado con la esperanza de encontrar alguna respuesta, algún consejo más, algo que le ofreciera más de lo que había oído aquella lejana tarde.

Cuando lo abrió descubrió que, en las páginas del cuaderno, solo había una singular anotación, escrita hace mucho tiempo y con la tinta ya desvaída de un hombre que ya no temía perder nada.

"Toda deuda es una ilusión."

El joven cerró el cuaderno lentamente, como si esas palabras se hubieran adherido a su piel, como una marca imposible de borrar.

Y en ese instante, comprendió algo que nunca hubiera entendido en su juventud.

Que la vida no tiene sentido si intentamos poseerla, si creemos que podemos retener lo que en realidad es tan efímero como el aire que pasa entre los dedos.

Como el amor mismo, que nunca se puede atrapar, solo sentir.

Gutiérrez ya no estaba, pero algo de su sabiduría seguía flotando en el aire, impregnado en las paredes de ese café olvidado.

Y por primera vez, el joven entendió que la única forma de no perder lo que se ama era aprender a dejarlo ir.

Porque al final siempre queda la memoria, que es la única deuda que no podemos pagar.

Y esa, pensó, es la única verdadera deuda.

Biografía loca de John Rollins:

El 30 de diciembre de 1823 en Oxford Inglaterra, nació John B. Rollins.

Un hombre que, para sorpresa de absolutamente nadie, nunca fue lo que su familia esperaba.

En su infancia, mientras otros niños de su entorno social, soñaban con ser ingenieros, médicos, abogados o políticos corruptos.

 El pasaba horas observando animalitos.

A veces eran lombrices otras veces cangrejos de mar y en ocasiones hasta ardillas con un ligero sobrepeso.

Su madre, una mujer de tradición victoriana, pensaba que un niño debía aspirar a una vida de fortuna y prestigio, por esa razón le pedía insistentemente.

—Deja esa fascinación por los animales, que eso te va a traer problemas y asusta a las visitas cuando les caminan por encima.

No mucho después de cumplir sus 18 años, Rollins decidió que lo mejor para él, sería estudiar biología marina.

A sus padres les pareció que la cosa iba de mal en peor, porque en sus expectativas de una tranquila y próspera vida familiar, John debía estar más interesado en hacer dinero de la manera lógica y tradicional, según ellos.

Casándose con la heredera de un millonario, dirigiendo una pequeña flotilla de barcos traficantes de opio o incluso consiguiendo postularse en las elecciones para transformarse en alcalde o diputado deshonesto.

El mejor camino para ser respetado y millonario, es decir de la manera clásica, le aconsejaba su padre.

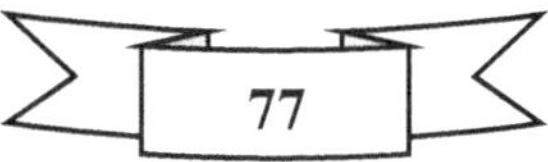

Pero nuestro querido John, no quería resignar sus sueños de vivir aventuras junto a sus queridos compañeros del mundo animal.

Con un suspiro de resignación, el padre le dijo una tarde.

—Hijo, si alguna vez llegas a ser conocido por algo, que sea por... no sé, algo más práctico como inventar una máquina para el té o por colonizar alguna isla de un país sudamericano.

Pero Rollins, imperturbable, se embarcó en su camino marino con una visión clara.

Su destino era estudiar a los animalitos y no una oficina.

En 1846, después de graduarse en Oxford, un joven Rollins lleno de energía y con poca idea de lo que iba a hacer con su vida —como cualquier joven que se precie— decidió embarcarse en una expedición científica hacia Argentina.

La misión era estudiar la mayor pingüinera del mundo en la zona de Punta Tombo, localidad de la Patagonia.

Había algo en esos animales de cuello torcido y traje de etiqueta que le fascinaba.

La llegada a Argentina fue un desastre, no porque fuera mal recibido, sino porque se dio cuenta que en la Patagonia las corrientes de aire eran tan fuertes que ni los pingüinos podían mantenerse de pie.

Y al poco tiempo de arribar, toda su colección de elegantes sombreros y galeras, habitaban el mar argentino gracias al poderoso viento patagónico.

En medio de su travesía hacia el sur del país, Rollins se cruzó con una artista plástica argentina, llamada Mariana Ponzoni y en ese preciso momento se enamoró perdidamente... de la idea de que podría ser tanto un biólogo como un artista.

Mariana por supuesto, lo encontró interesante y atractivo, hasta que en una ocasión Rollins le confesó.

—Lo que más me gusta de los pingüinos es que nunca me dejan de sorprender.

—Como las obras de arte, siempre son un misterio.

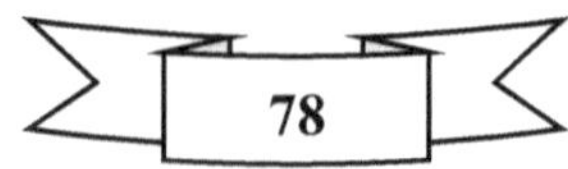

—Por ejemplo:¿quién pensó que una especie tan torpe podría existir con semejante sentido del estilo y elegancia?

Los testigos de esa escena, afirman que Mariana luego de oír esa declaración, quedó petrificada y con la mirada fija en el horizonte del atardecer patagónico.

Sin embargo, los historiadores no se ponen de acuerdo en si ese gesto de Mariana reflejó el flechazo de amor o si miraba al horizonte esperando huir lo más lejos posible de ese exótico personaje.

En 1849 después de su matrimonio con Mariana, Rollins se quedó a vivir en el sur de Argentina y adoptó la nacionalidad, aunque la pronunciación de la frase "che boludo" le llevó años de práctica y paciencia.

Esto lo reconoció él mismo, en una entrevista que nunca se hizo pública pero que pudimos conocer.

—En el fondo, creo que el "Che Boludo " típicamente argentino, lo pronuncié mal durante diez años.

—Pero cuando finalmente lo dije correctamente, sentí que había conquistado el mundo. Declaró John.

Lamentablemente al primero al que se lo dijo pronunciando correctamente, fue al padre de Mariana en medio de una fiesta delante de 200 invitados.

Aunque su trabajo como biólogo era su verdadera pasión.

El camino del arte que transitaba su esposa Mariana, lo influyó y entusiasmado un día cualquiera, durante lo que parecía ser una tarde inocente de trabajo con cerámica, esto se convirtió en una obsesión.

Con sus manos cubiertas de barro, Rollins creó figuras extrañas de animales, plantas y cosas que a veces ni él mismo comprendía.

 Sin embargo, fue en una reunión con amigos, rodeado de unas cuantas botellas de buen vino Mendocino, cuando una idea brillante (y un poco borrosa) apareció.

—¿Por qué no hacer con la cerámica, una jarra de vino con forma de pingüino?—preguntó, mientras agitaba una copa con demasiada energía, manchando el vestido blanco que Mariana estrenaba esa noche.

—¿Un pingüino? ¿En serio? —respondió uno de los amigos, que a esas alturas ya sabía que cualquier comentario de Rollins se transformaría en un proyecto de por sí.

—¡Claro! Dijo Rollins con una mirada decidida y un poquito nublada por el alcohol.

—Es un animal elegante, simpático y lo mejor de todo, no puede protestar. —

—A lo sumo, puede dar unos saltos torpes, pero eso lo hace más interesante y gracioso.—

Y así, nació el "Pingüino de Vino", un objeto de cerámica que deslumbró a las cantinas y restaurantes argentinos.

El concepto de una jarra con forma de pingüino fue un éxito rotundo.

En su biografía, Rollins lo justificó con gran seriedad.

—Un pingüino y el vino en realidad no tienen nada que ver, pero después de unas copas, cualquier cosa tiene sentido.

Su sinceridad fue tan conmovedora que muchos lo aplaudieron, aunque algunos tras probar el vino directo de la boca del pingüino de cerámica, decidieron que el vino mejor se servía en una copa normal, pero no cuestionaron el legado del arte cerámico.

Rollins, siempre a la vanguardia de la innovación, no se conformó con su éxito inicial.

En 1869, inspirado por la visita a algunos campos de la Pampa Argentina a los que fue invitado, trató de replicar su éxito creando una pequeña jarra para leche con forma de vaca.

Según sus palabras.

—Che boludo, si un pingüino puede servir vino, una vaca puede servir leche, ¿no?

Y claro, su lógica, aunque inquebrantable, no funcionó tan bien.

La vaquita de cerámica nunca tuvo el mismo impacto.

Quienes vieron la "vaquita lechera de cerámica" en lugar de reírse, pensaron que Rollins había estado bebiendo más de lo debido y no leche precisamente.

La jarra con forma de pingüino, se mantuvo como el icono de su carrera cerámica, mientras que la vaquita lechera fue relegada a la historia del olvido.

A lo sumo como objeto decorativo ofrecido a precio de oferta en casas de souvenirs.

Por último, permítanme ofrecerles los testimonios de los más grandes iconos del arte del siglo XX hablando sobre

"El hombre y su obra".

Opinión de Salvador Dalí sobre John Rollins:

—La creación de Rollins no es solo una pieza cerámica, es la manifestación de lo que es el caos ordenado.

—Un pingüino que no está allí para bailar, sino para derretir las estructuras de la realidad.

—Es un dios del desorden que, en el profundo abismo de su mente, hace que los pingüinos tengan sentido, como los relojes derretidos en mis cuadros.

—Cada vez que veo ese pingüino de vino, siento que el universo mismo se disuelve en una copa de Júpiter.

—Un brindis por la irrelevancia, sí, pero con estilo.

—Ah, ¡qué brillante!

—Este hombre no es simplemente un biólogo, no es un simple artista, no es nada.

Pablo Picasso dijo sobre John Rollins:

—¿El Pingüino de Vino?
—¡Por favor!
—Si en vez de ser un hombre de ciencia, Rollins hubiera sido un pintor cubista, habría sido un genio.
—¡Imaginen! El pingüino se desintegra en piezas abstractas, las alas son cinco líneas rectas, el pico se convierte en un triángulo flotante.
—¡Y el vino!
—El vino se convierte en un espectro de colores que, como un eco, ¡se diluye en el espacio!
—Pero claro, lo que él hace es más barato... ¿cerámica?
—¡Cómo si eso fuera arte!
—Un hombre que solo necesita un poco de vino para descubrir la grandeza de lo absurdo, ¡me encanta!"

Marcel Duchamp sobre John Rollins:

—¡Este tipo es un verdadero genio!
—No me malinterpreten, yo inventé el arte conceptual, pero Rollins, ¡él va más allá! ¡Es un verdadero 'anti—artista'!
—Mientras yo presentaba un orinal en una galería, él toma un pingüino, lo puso en la mesa de una cantina y lo convirtió en una obra maestra de lo absurdo y lo útil.
—Es como si dijera.
—¿Por qué no mezclar la estética con la funcionalidad de la borrachera?
—¡Un homenaje al dadaísmo!
—Acepto que mi 'rueda de bicicleta' fue un golpe, pero este hombre... ¡Es el dios de los pingüinos borrachos!

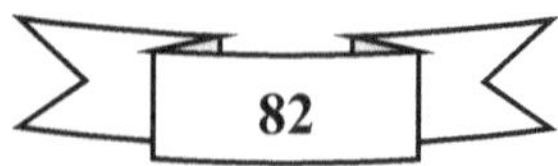

Frida Kahlo también se expresó sobre John Rollins:

—¡Este Rollins, qué personaje tan peculiar!
Su vida parece una pintura surrealista, todo es una mezcla de frustración y redención, un poco como mi propia existencia.
—Y ese pingüino... parece que nació de la lucha interna entre lo que uno es y lo que uno quiere ser.
—¡El pingüino es tan torpe, tan humano!
—Aunque nunca me atrevería a beber vino que salga de la boca de un animal tan elegante.
—No puedo evitar pensar que, si ese vino hablara, cantaría canciones sobre las desgracias del alma.
—¡Y yo bebería por el arte, como siempre!

Andy Warhol hablando sobre John Rollins:

—Si alguna vez hago una serie de latas de sopa Campbell con pingüinos, es porque este hombre me lo inspiró.
—¿Lo entiendo? No, pero esa es la magia del arte moderno.
—Si me pides que defina lo que hizo Rollins, diría que es pop—art sin saberlo, pero con un toque de delirio borracho.
—El pingüino de vino, una metáfora perfecta de cómo la industria del alcohol y la cultura popular se fusionan en una forma inesperada y… absurda.
 —¡Genial!
—¡Hacer algo tan ridículo y llamarlo arte!
—Yo también lo haría, pero con latas y publicidad."

El Miedo

Las luces distantes parpadeaban en la lejanía, bañando las aguas del puerto con un resplandor amarillento, como si la niebla misma en su espesor impenetrable, intentara encapsular el tiempo y el espacio.

Esa misma niebla que tejía un tapiz espeso, influyendo en el ánimo del hombre que la observaba.

La escena era a la vez familiar y extraña, como los sueños que se repiten sin que uno pueda recordar si se soñaron la noche anterior o si se han vivido durante años.

El puerto igual que todas las noches, comenzaba a ser devorado por esa oscuridad esquiva que parecía imitar al paso del tiempo.

La sensación era como si las horas se disolvieran con la humedad, el frío y la niebla formando la sustancia misma del olvido.

Ese estado intermedio en el que los recuerdos se desintegran lentamente.

La escenografía de la noche parecía convertirse en la de una película, pero no en una película cualquiera, sino en una de películas clase B, esas que nunca llegaron a proyectarse para el gran público.

Imágenes fugaces que quedaron atrapadas en algún carrete perdido o guardadas en la memoria de un espectador solitario de un cine en ruinas.

Algunas embarcaciones descansaban con su vaivén en el muelle, otras permanecían en la oscuridad total un poco más alejadas, como cadáveres adormecidos de viejas travesías.

Mientras que un par de ellas lucían alguna luz mortecina en su interior.

Parecían las últimas huellas de una jornada finalizada.

Señal que algunos pescadores exhaustos por los trabajos del día, habían decidido pasar la noche en sus barcos.

Sin embargo, la mayoría de las embarcaciones de pesca ya se habían perdido en las aguas del océano.

Adentrándose en una eterna búsqueda con necesidades, pero sin promesas.

Cada ola en su movimiento, parecía arrastrar consigo un fragmento de su historia de vida, la misma sensación de irremediable distancia que lo acompañaba.

Sin embargo, nada de esto era lo que realmente lo aterraba.

No era la quietud del mar.

Ni el refugio de los barcos en la niebla.

El miedo no emanaba del puerto, ni de la oscuridad de la noche.

Habitaba dentro de él, esperando en las sombras de su memoria.

Tal como había permanecido allí, durante toda su vida.

Había algo interminable en eso, igual que un reloj sin manecillas que marcara el paso del tiempo sin avance ni regresión.

El verdadero miedo, la constante angustia que lo habitaba, no era un objeto tangible.

Era casi un susurro en su mente, un eco lejano que como el Uróboro retornaba en sus noches más solitarias.

Gustavo volvió a observar las aguas tranquilas, reflejo de las luces lejanas y las sombras de los árboles que se difuminaban en la oscuridad.

Recordó que la primera vez que había sentido aquel miedo había sido frente a estas mismas aguas.

En la orilla de estas mismas costas.

Mucho antes de que estos sentimientos se convirtieran en una parte esencial de su vida.

En aquel entonces era un niño lleno de preguntas, recibiendo respuestas que no comprendía.

Las dudas, entonces formaban una nube impenetrable entre él y su propio ser, un refugio en el que se escondían sus inseguridades, aquellas que nunca pudo desenredar.

Carla a su lado, con su voz reposada como un murmullo delicioso, lo miró y le dijo:

—No tengas miedo, estás acompañado y siempre lo estarás.

El sonido de su voz tenía la calidez de un verano soñado, pero había algo en sus palabras que lo desconcertaba.

¿Acaso el miedo podía ser disipado sólo con enunciar una frase?

Algo en su interior le aseveraba que no.

Había algo inmutable en el miedo, algo que se tejía como los hilos del destino y que ni la presencia más amable y cercana podía dispersar.

La conversación esa tarde había comenzado de manera ligera, apenas un juego entre dos almas que intentaban descifrar la química de su cercanía.

Las risas compartidas, miradas cómplices y los cariñosos murmullos mientras compartían un vino.

Todo parecía indicar que la noche iba a deslizarse por los senderos del placer y que no tendría más sustancia que la de un suspiro al viento.

Pero la charla alentada por la intimidad y el alcohol.

Hizo bajar sus defensas, ingresando a tramas más profundas de sus conciencias.

Por eso Carla en algún momento, insistente en su curiosidad, planteó algo inesperado para Gustavo.

Que conversarán acerca de los miedos.

Él creyó por un instante que no estaba mal.

Como si, al desnudarlos pudiera aliviarlos.

Con la falsa seguridad de quien cree que sus secretos más oscuros son triviales, comenzó a compartir palabra tras palabra aquello que había guardado bajo llave durante tantos años.

—¿Por qué nunca antes lo dije?

Se preguntó, como si al verbalizar los miedos se hubiera despojado de algo esencial.

Ya no había vuelta atrás.

Las sombras dentro de él se habían filtrado en la luz de la conversación y como un paisaje que se va revelando poco a poco, no podía ya ignorar las formas monstruosas que se agazapaban allí.

La compañía, aunque bienintencionada no podía ser el antídoto.

El miedo no se cura, pensó.

Se convive con él.

El miedo cualquiera sea que habite en nosotros, no proviene del exterior.

Por esa razón esa noche, el verdadero peligro se encontraba dentro de él.

Al acecho, como lo había estado desde su infancia.

Aquella era la verdad esencial que había permanecido en su ser.

Oculta como un virus latente esperando el momento adecuado para manifestarse.

El miedo al igual que una sombra, no es algo que se evapore con la luz.

Sino que cambia de forma, se adapta y se esconde en los rincones más oscuros del alma.

Había algo irónico en todo esto.

Durante años el miedo había sido su compañero más fiel, pero también su mayor enemigo.

Se había infiltrado en todos los aspectos de su vida.

¿Es posible que los miedos se conviertan en compañeros de vida?

¿En una especie de amigo inseparable que nos guía, protegiéndonos incluso?

Lo pensó en silencio, recordando a sus padres, a los antiguos amigos que ya no estaban y a los lugares que había dejado atrás.

Como si esos miedos fueran los últimos vestigios de una vida que se desvanecía en la niebla de la existencia.

Si uno camina mucho tiempo con una muleta, puede llegar a sentir que no puede andar sin ella.

¿Acaso los miedos actúan de igual forma?

La pregunta flotaba en su mente, tan poderosa como el aroma a salitre que envolvía el puerto.

Cada miedo es un lastre muy pesado, pero también una forma de protección, pensó.

Una estructura invisible que lo había sostenido a lo largo de los años.

Tal si fuera un barco en medio de la tormenta.

Los miedos eran la barca que nunca se hundiría, la única compañía constante en un mundo cambiante.

—Nunca es fácil compartir nuestros miedos.

Dijo él en voz baja, como si al decirlo las palabras perdieran gravedad.

Había algo irónico en esa frase,

Un reconocimiento de que, al compartir sus temores, estaba reviviéndolos.

Como si se tratara de un rito que exigiera sufrimiento.

La ironía era que no importaba cuántas veces los compartiera, los miedos seguían allí, esperando ser descubiertos de nuevo y te hacían más débil frente a los demás.

El silencio que siguió era espeso.

Cada palabra que había dicho parecía haber abierto una grieta en su ser y dentro de esa hendidura ,las sombras comenzaban a agitarse con más brío .

En ese instante, reflexiono que el miedo no solo residía dentro de él; era parte de su historia, de su identidad.

—El miedo no se disuelve con las palabras.

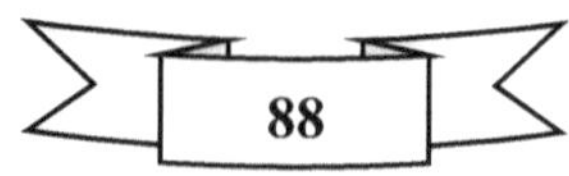

—No se desactiva con la compañía, ni con los intentos de racionalizarlo.

—El miedo es un ciclo interminable que se repite, se reinventa, se adapta.

—¿Qué quedaría de nosotros si nos deshiciéramos de los miedos?

Pensó en eso con una nostalgia extraña, como si la pregunta misma fuera una condena.

Ella, por su parte, miraba en silencio, buscando comprender ,pero quizás sin saber por dónde comenzar.

No había manera de vislumbrar completamente esa carga invisible que lo acompañaba.

Aunque lo intentara, Carla no conocía el entresijo de esos miedos.

Las capas de angustia que se habían acumulado con el tiempo.

En su mirada había una mezcla de compasión y desconcierto.

Una búsqueda de respuestas en un océano de sombras.

Sin embargo, algo en su actitud lo tranquilizó.

Ella no intentaba deshacer el miedo, no intentaba arrancarlo de su ser.

Simplemente estaba allí, acompañándolo como un espectador en un teatro donde las tragedias eran siempre las mismas.

El tiempo parecía haberse detenido en ese instante y él se dio cuenta de que, en cierto modo, siempre había vivido dentro de esa suspensión.

La penumbra como un velo de incertidumbre, no dejaba que el pasado se disipara ni que el futuro se hiciera presente.

—¿Es el miedo el que nos ata al pasado? Se preguntó.

—¿Acaso vivir sin miedo sería como caminar hacia un futuro sin recuerdos, sin certezas, sin las sombras que definen nuestra humanidad?

La pregunta parecía innecesaria, pero ya no podía deshacerse de ella.

En la quietud de esa noche, las sombras se hacían más difusas y la brisa marina traía consigo un perfume de despedida.

—¿Y si el miedo era todo lo que quedaba de nosotros al final? Pensó sin decir.

Carla, como si hubiese captado sus pensamientos, acercó su rostro al suyo y lo abrazó con una suavidad que desarmó cualquier defensa.

No había promesas en su gesto, ni palabras que pudieran sanar lo que él sentía.

 Pero en ese abrazo, hubo una tregua temporal.

Casi una melodía empalagosa que pudiera aliviar un poco su carga, aunque solo fuera por un instante.

La brisa sopló con más fuerza, arrastrando las partículas de tiempo y dejando en su lugar solo el murmullo de las olas rompiendo contra los muelles.

Y así, mientras el puerto se desvanecía en su mente.

Se dio cuenta de algo más significativo.

A veces, compartir nuestros temores con los demás ,es simplemente eso.

Un acto de acompañarse en la desolación, un refugio temporal ante lo inevitable.

Los miedos seguían allí, pero en ese instante, ya no parecían tan oscuros.

Quedaron abrazados y finalmente dió con la respuesta, al menos con una que le servía.

 El miedo no tenía que desaparecer para ser soportable.

Algunas veces , lo único que cada uno necesita es saber que no enfrenta solo, al miedo.

Los Paisajes Perdidos

A lo largo de los años, he llegado a comprender algo que me fue revelado de manera gradual.

Así como las vetas aparentemente ocultas de un mármol muy oscuro, al fin emergen bajo la luz del sol del mediodía.

Pude ver que los caminos no son meras trayectorias, no son solo la línea recta que nos lleva de un punto a otro.

Son más bien archivos, compendios de memorias que como espectros, acechan en los pasillos del tiempo.

Los caminos son la huella difusa de lo que hemos dejado atrás, pero también y fundamentalmente, de lo que jamás llegamos a ver y disfrutar.

Los caminos son esencialmente, paisajes perdidos.

Lugares que desaparecen cuando los miramos sin ver, cuando los cruzamos sin saber que el paisaje de un instante puede ser más importante que el destino de todo un viaje.

Recuerdo aquellas ocasiones en que, dentro de la vorágine de un largo trayecto, las voces de mis hijos o de mi esposa se alzaban como timbres de advertencia ante algo que el horizonte ofrecía.

Pero que yo inmerso en la mecánica del viaje, jamás llegaba a comprender.

—Mira eso, qué hermoso. Dijo mi esposa una tarde, señalando con el dedo hacia la derecha, hacia la nada y hacia todo.

Mientras observaba y me indicaba un río allí abajo, que se deslizaba entre montañas.

Era un río de un azul profundo que, si se hubiera detenido el tiempo, habría sido capaz de trastornar todo lo que conocía de la realidad.

Pero yo no miré.

Solo respondí, con una indiferencia que ya no era humana sino automatizada.

—No puedo mirar ahora, estoy concentrado manejando, no puedo quitar la vista de la ruta.

Y entonces en otro viaje.

Fue mi hija quien me señaló algo, otra cosa que le pareció digna de admirar.

Era un castillo, algo que parecía imposible encontrar en ese lugar, un vestigio de algún mundo olvidado que se mantenía semi oculto entre los árboles de un bosque que lo protegía.

—Papi, mira el castillo. Exclamó como si su pequeño corazón estuviera desbordando curiosidad y emoción.

Pero el tiempo no me permitió detenerme.

Estaba demasiado enfocado en el asfalto y una vez más, con una voz tan desgastada que ya no parecía mía, respondí.

—Es tarde, no tenemos tiempo para detenernos ahora.

¿Cómo podía saber en ese instante preciso, que esos paisajes, esos momentos, desaparecerían para siempre?

¿Qué prisa tenía?

La urgencia de mi destino me cegaba, me empujaba a avanzar sin una verdadera razón, como si el viaje no fuera un disfrute en sí mismo, sino un mero trámite que tenía que cumplirse lo más rápidamente posible.

Llegar rápidamente parecía todo lo importante y el trayecto nada.

En una de esas tardes durante otro viaje.

Mientras el sol descendía detrás de las colinas y bañaba todo con un rojo melancólico, mi esposa susurró algo que me golpeó en lo profundo, una súbita reflexión que se alzó como una verdad dormida.

—¿Te acordás aquella vez en ese verano, cuando paramos junto a ese lago hermoso en el sur y nos quedamos horas mirándolo hasta que salieron las estrellas?

—Vos me dijiste en un momento que eso no importaba, que debíamos estar en otro lugar. Yo… Y se quedó callada.

El silencio que siguió era como una soga tensa entre nosotros. No podía responder.

No podía argumentar, porque las palabras no lograban cubrir el abismo de mi propia culpabilidad.

—¿Por qué nunca paramos?

Me preguntó, más para ella misma que hacia mí.

Lo cierto es que nunca supe qué responder, ni siquiera logré encontrar respuesta en mis más profundos pensamientos.

El eco de sus palabras, esa simple pregunta quedó flotando en el aire, como una presencia entre nosotros que ya no se podría desvanecer.

En su mirada vi algo más que frustración.

Pude observar el reflejo de un tiempo que nunca se detuvo, de un paisaje que siempre estuvo allí y que nunca contemplé.

Me murmuró, en voz baja, sin levantar la vista.

No era un reclamo, lo percibí como un pedido para que lo meditara.

—Es solo que a veces, siento que nunca estamos realmente aquí. —Siempre vamos corriendo.

Esa frase me alcanzó como un golpe, pero no uno físico.

Fue un golpe silencioso, un golpe a mi conciencia, que se quedó flotando sin poder ser rechazado ni ignorado.

 La culpa me atravesaba, pero a la vez la vida continuaba, como el sinuoso curso de un río que sigue su marcha, indiferente a nuestras decisiones.

La carretera se encontraba ante mí y mi cuerpo parecía moverse de manera autónoma.

El volante en mis manos, ya no era solo un objeto.

Había devenido en mi refugio, uno temporal en medio del desarraigo emocional que me acechaba.

En esos momentos, los paisajes se transformaban, se distorsionaban, como si la carretera misma estuviera tratando de escapar de una realidad que yo jamás entendí.

Los árboles parecían desdibujarse, las sombras se alargaban y se contraían de formas que desafiaban las leyes del tiempo y el espacio.

Las luces de los autos que nos adelantaban danzaban delante de mí, como si se movieran al compás de un reloj que no existía, parecía que el mismo tiempo estuviera dando un último suspiro.

Todo simulaba un recuerdo, pero no uno que pudiera recordar.

Era un sonido lejano, algo que se desvanecía y que nunca había sido realmente mío, como aquellos paisajes que dejé atrás sin haberme dado tiempo para disfrutar.

El dolor que sentía en esos momentos no era físico.

Era un dolor emocional, una sensación inexplicable que se enroscaba en mi cuerpo.

La sensación de haber perdido algo se adueñaba de mí.

¿Qué era ese algo?

No lo sabía.

Solo sentía una marea imparable y la angustia de que esos paisajes, esos momentos fugaces que nunca me detuve a mirar, ni podría ver, se evaporaban como un sueño olvidado.

Tal vez esos paisajes, aquellos que observaron mis hijos y mi esposa, no eran tan solo escenas en el camino.

Eran presencias que me buscaban, momentos suspendidos en el aire esperando ser reconocidos, pero que nunca tuve la capacidad de observar.

Una noche manejando, cuando las estrellas brillaban con la intensidad de un mundo agobiante, me vi reflejado en el espejo retrovisor de mi coche.

Aquellos ojos que reconocí estaban vacíos de significado, me devolvían una mirada perdida.

La mirada de un hombre que había viajado demasiado lejos y desmesuradamente rápido.

Alguien que ya no sabía si estaba buscando el futuro o huyendo de su pasado.

Y a ese reflejo, le pregunté.

—¿Por qué no me detuve?

— ¿Por qué no tomé un segundo, un minuto, para realmente ver lo que pasaba a mi alrededor?

La angustia me abrumó y por un instante creí que el tiempo, esa fuerza intangible que arrastra todo a su paso, me había dejado atrás.

Las sombras de los recuerdos se agrandaban a mi alrededor, como fantasmas que caminaban junto a mí, susurrando lo que podría haber sido.

Pero ya no había forma de regresar, de detener el curso del reloj. El futuro tan incierto y tan lejano, seguía adelante y yo solo podía avanzar como una sombra que se arrastra detrás del sol.

Los días siguieron su curso y cada vez que me encontraba solo, esa misma sensación de arrepentimiento me envolvía, como una niebla espesa que no dejaba ver más allá.

Era un sentimiento extraño, casi como si estuviera en un paisaje mágico que solo se podía ver cuando uno se detenía a observarlo.

Pero yo no podía detenerme.

Los senderos de la mente son implacables y las puertas al pasado siempre están abiertas, siempre nos llaman para que las crucemos.

Pero en ocasiones , solo nos ofrecen lo que ya hemos perdido.

Fue un día, mientras tomábamos café en el jardín, cuando mi hijo más pequeño me preguntó sin malicia, pero con una claridad de visión que me sorprendió.

—Pá, ¿por qué nunca nos deteníamos en nuestros viajes? Siempre ibas tan rápido.

Su pregunta resonó en mi mente y sentí que el peso de la vida se condensaba en esas pocas palabras.

Un silencio, tan duro que casi se podía tocar, se alzó entre nosotros.

—Quizá por miedo.

Respondí finalmente con voz quebrada.

—Miedo de no saber qué hacer cuando me detengo.

Él asintió pensativo, como si comprendiera más de lo que yo había dicho.

Pero con una delicadeza que me desarmó, añadió.

—Pero papi. ¿Si no te detenés, te perdés todo lo demás?

La sencillez de esa afirmación me dejó sin palabras.

Quizás mi hijo con su mirada limpia, había sido capaz de dilucidar lo que yo nunca había tenido posibilidad de comprender.

La vida no es solo un trayecto hacia un destino.

Es un conjunto de paisajes que nos ofrecen momentos de belleza si tan solo nos detenemos a verlos.

Hoy cuando recuerdo esos momentos, los veo como paisajes perdidos.

Paisajes que quedaron atrapados entre los surcos del tiempo, entre las sombras de lo que nunca supe ver.

Mi mente como un mapa en ruinas, sigue buscando el azul del río, el perfil de aquel castillo que nunca llegó a ser parte de mi vida.

Pero ya no hay vuelta atrás.

El camino sigue y yo por fin sé que debo detenerme, mirar, respirar.

La vida no es un destino.

Es el viaje y en ese viaje lo que importa no es solo avanzar, sino detenerse a contemplar esos paisajes que aún podemos ver, esos que están allí, esperando ser descubiertos, los paisajes perdidos.

Biografía del Señor Roger Atkinson:
El Genio Desconocido del Periodismo

Roger Atkinson nació en un pequeño pueblo donde nadie sabía qué hacer con él, ni él con ellos.

Desde su primera infancia, fue el niño que hacía preguntas que no importaban a nadie, pero aun así todos se sentían incómodos con ellas.

A la temprana edad de 5 años ya había sido expulsado de cuatro colegios y de una tienda de caramelos por "insistir demasiado" para conocer sobre el origen de esos caramelos en cuestión.

—¿De dónde viene esto?

Preguntaba señalando un caramelo de envoltorio color rojo.

Con una mirada que presagiaba más que curiosidad, desesperación existencial.

Años después entrevistado el señor Alexander propietario de esa tienda — la entrevista no la hizo Roger—.

Relató que cuando Roger le preguntó de dónde venía el caramelo, se quedó muy sorprendido, ningún niño jamás le había preguntado acerca del origen de ninguna golosina.

Simplemente se dedicaban a comprarlas, salir corriendo con sus amigos y devorarlas.

Por eso decidió responder y le señaló el camión del distribuidor que se encontraba descargando mercadería.

Ante la insistencia del niño por saber el verdadero origen de ese caramelo, le mostró el nombre del fabricante en el papel envoltorio.

Pero el niño seguía insistiendo en averiguar toda la cadena de fabricación, inclusive el origen del caramelo.

—Así que cuando me pidió que le dijera la fórmula química del caramelo, no me quedó otra posibilidad que expulsarlo de mi comercio.

Ya que desconocía la respuesta y la fila de clientes ya era de media cuadra".

Dijo en esa entrevista el dueño del comercio.

Cuando cumplió los 20 años, Roger empezó a trabajar en un periódico local, cosa que no sorprendió a ninguno de sus conocidos.

Allí lo habían bautizado con un título un poco extravagante, "el interrogador de las preguntas que nadie quiere hacer".

Su técnica era muy simple: Preguntar sin importar las respuestas.

Eso lo hizo famoso entre los editores que no querían trabajar con él, pero también entre aquellos que entendían que, en un mundo de periodistas que escriben sobre lo que ya sabemos, él era el que se atrevía a destapar lo que no queríamos saber.

Con el tiempo, Roger se convirtió en una leyenda en el mundo del periodismo, conocido por su capacidad de descubrir secretos tan profundos que hasta los propios secretos sentían vergüenza de ser revelados.

Le llamaban "el zorro de la información" y su slogan era:

"Si no te está incomodando, no soy yo. Es la verdad".

**Una de sus investigaciones más célebres:
El Negociado Millonario del Tráfico Internacional de Caca de Conejo**

En 1997, el mundo fue sacudido por el más absurdo de los escándalos. Mientras otros periodistas cubrían guerras, crisis económicas y gobiernos corruptos, Roger Atkinson descubrió algo mucho más sombrío:

El tráfico internacional de caca de conejo.

Todo comenzó cuando un inocente "artículo de rutina" sobre la industria alimentaria le dio una pista a Roger.

Mientras investigaba el aumento en la demanda de fertilizantes orgánicos, Atkinson notó algo extraño.

En lugar de los usuales productos como estiércol de vaca o gallina, un misterioso aumento en las importaciones de "caca de conejo" comenzaba a aparecer en las aduanas internacionales.

A través de una serie de entrevistas con fuentes anónimas (algunas de ellas, inclusive, un tanto peludas), Atkinson descubrió una vasta red de tráfico de excrementos de conejos.

Al principio, la gente pensaba que era una broma.

Pero como siempre, Roger sabía que detrás de lo ridículo hay algo más... algo mucho más turbio y más ridículo todavía.

Resultó que la caca de conejo no solo se usaba como fertilizante de alta calidad, sino que era el ingrediente secreto de una nueva línea de cosméticos de lujo.

Y no solo eso.

Algunas de las grandes marcas de perfume estaban enredadas en el negocio.

Así como también algunos famosos Cárteles.

Lo que parecía un simple "producto agrícola" en realidad era el componente esencial de cremas faciales que prometían "rejuvenecer el alma".

Pero había algo aún más oscuro.

Las importaciones de caca de conejo estaban siendo usadas en la fabricación clandestina de un polvo cosmético que supuestamente "potenciaba la belleza", pero en realidad tenía efectos secundarios muy poco atractivos.

Algunos usuarios experimentaban un inesperado crecimiento de orejas de conejo.

Atkinson, siempre un paso adelante, destapó un esquema que involucraba a empresarios internacionales, gobiernos corruptos y hasta una red de spas exclusivos en Suiza que usaban "caca de conejo Premium para tratamientos de lujo.

Lo peor de todo era que la caca de conejo era recolectada de conejos que se mantenían en condiciones especiales.

Alimentados a base de "baby carrot" y "Champagne extra—brut", lo que convirtió el tráfico en un escándalo moral y ecológico global.

Por supuesto, como todo gran reportero,
Roger Atkinson fue censurado por los poderes establecidos.

Pero él, fiel a su estilo irreverente, utilizó esta censura como una confirmación de su descubrimiento.

Después de todo, si te prohíben hablar de algo, debe ser porque estás a punto de revelar la verdad más incómoda de todas.

Y así, el "Caso Caca de Conejo" se convirtió en una de las investigaciones más sorprendentes, divertidas y perturbadoras de la historia del periodismo.

Y Roger Atkinson, como siempre, recibió la ovación que más le gustaba.

La de la verdad incómoda revelada.

Al final, sus investigaciones no solo desmantelaron una de las redes de tráfico más extrañas del mundo, sino que también nos dejaron una lección esencial

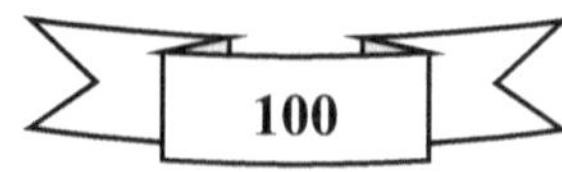

En el mundo de las noticias, la única cosa más sucia que un escándalo, es la caca de conejo.

Otra de sus investigaciones más notorias fue de índole político.

Investigación Exclusiva de Roger Atkinson:
Las Siestas de los Políticos y Cómo Afectan las Leyes que Votan (y el Futuro del Mundo)

En el año 2003, el brillante y temerario periodista Roger Atkinson se sumergió en una de las investigaciones más absurdas, pero a la vez reveladoras, de su carrera.

Como siempre, su instinto de periodista le indicó que el verdadero poder no residía en las discusiones acaloradas que se producían en los pasillos del Congreso ni en las grandes cumbres internacionales, sino en un lugar mucho más íntimo.

Las camas de los políticos.

El proyecto periodístico de investigación de Roger, fue titulado.

"El Sueño Político"

¿Qué sucede cuando los gobernantes cierran los ojos y abren las leyes?

Buscaba descubrir cómo las siestas que dormían los políticos afectaban en las decisiones que tomaban después.

Y vaya si lo descubrió.

La hipótesis de Atkinson era tan absurda como brillante.

El afirmaba.

—Si los políticos duermen una siesta, es probable que las leyes que aprueban después de despertarse estén tan fuera de lugar como si se hubieran hecho sin dormir en absoluto.

La Primera Pista:
El Parlamento de los Dormilones

Atkinson comenzó su investigación asistiendo a varias sesiones de parlamento en muchos de los países más influyentes del mundo, donde observó algo curioso.

Muchos de los políticos más importantes, dormían durante las sesiones, en especial en la tarde.

A menudo, se les veía cabecear con sus rostros más relajados que nunca.

Como si el trabajo de legislar fuera simplemente una excusa para un largo descanso.

Pero lo que parecía una simple falta de civismo, pronto demostró ser un fenómeno mucho más complejo.

Atkinson, con la perspicacia de un detective de lo absurdo, decidió contactar a un grupo de ex diputados que compartieron con él las consecuencias de estos descansos parlamentarios.

Según sus testimonios, después de una siesta de entre 15 y 30 minutos, los políticos tendían a votar de manera completamente aleatoria.

En un caso particularmente emblemático, un grupo de senadores votó a favor de una ley que permitía a los perros gobernar las aldeas, simplemente porque uno de los principales patrocinadores de la ley había tenido un sueño muy vívido en el que su perro "había dado grandes discursos".

La Teoría del "Sueño Dictatorial"

Con el paso del tiempo, Atkinson descubrió un fenómeno aún más inquietante.

Algunos presidentes y primeros ministros, al despertar de sus siestas, no solo se sentían frescos, sino que tomaban decisiones radicales.

A menudo con un enfoque de "yo lo decido porque lo soñé".
En un caso especialmente dramático, un presidente que había dormido una siesta de dos horas, inmediatamente después firmó un decreto que prohibía las botas de tacón alto en todos los edificios gubernamentales.
¿La razón?
Según él, había tenido un sueño en el que una civilización futura estaba construida completamente sobre sandalias y eso le parecía una visión de progreso.
Lo más perturbador fue que, tras despertar, los presidentes y diputados se aferraban a la legitimidad de sus decisiones, argumentando que las ideas surgidas en sus sueños eran la manifestación de una "sabiduría cósmica" que solo podía lograrse a través del descanso.
Los psicólogos, por supuesto, no podían entender cómo se mantenían tan serios al respecto.

El Impacto Global: Leyes y Sueños

A través de un análisis meticuloso, Atkinson identificó varias leyes absurdas que se habían promulgado después de que los políticos disfrutaran de una siesta reparadora.
Entre las más destacadas que podemos nombrar:

"Ley de Prohibición de los Lunes en Uruguay"

Un presidente uruguayo, tras despertarse de una siesta post—almuerzo, decretó que los lunes serían oficialmente abolidos en el país, tras haber soñado que el lunes era una tortura medieval.

"Regulación Global de la Ternura":
En una cumbre internacional, tras una serie de siestas colectivas, los líderes mundiales firmaron una declaración que

dictaba que los abrazos debían tener una duración mínima de 7 segundos, sin importar el contexto político o social.

"La Ley de "Fútbol Aéreo" en Rusia":
Un diputado ruso, despertando de un sueño de fútbol y aviones, propuso una nueva modalidad de fútbol en la que los jugadores volaban mientras jugaban, usando jet packs.
La propuesta fue aprobada tras una votación algo "somnolienta", aunque nadie podía explicarlo al 100%.

"Las Consecuencias y Reflexiones Finales"

Con la información recopilada, Atkinson publicó su artículo:

"Política de Sueño: Cómo las Siestas Dictan las Leyes del Mundo"

En él, reflexionaba sobre la necesidad urgente de regular las horas de descanso de los líderes políticos.
Proponía como solución, la creación de un "Ministerio de Siestas", encargado de monitorear las siestas parlamentarias y evitar que decisiones impensables y peligrosas fueran tomadas en base a visiones de ciclos Rem.
El artículo de Atkinson provocó un debate internacional sin igual.
Los gobiernos, sin saber cómo reaccionar, optaron por… ¿dormir? Sí, pero esta vez, sin siestas políticas.
El mundo entero empezó a tomar conciencia del poder oculto del descanso y algunos incluso empezaron a exigir que se limitaran las siestas en los salones de debate.
En resumen, gracias al intrépido trabajo de Roger Atkinson, el mundo entero fue testigo de que las decisiones más importantes no siempre nacen de las reuniones formales, sino de las cómodas y necesarias siestas post-comida. —en especial si se

la acompañó con Malbec—, donde todo parece posible y la lógica, en ocasiones, es un mero espectador dormido.

Para finalizar, ya que la investigación incluye el sueño.

Nos ha parecido pertinente, imaginar una supuesta opinión de Sigmund Freud sobre este trabajo de investigación de nuestro querido Roger Atkinson.

Habría dicho Sigmund Freud.

Ah, la siesta.

No puedo evitar notar que al escribir sobre este fenómeno tan fascinante, el periodista parece no comprender lo esencial.

Claro, se menciona el descanso, pero permítanme decirles queridos lectores, que la siesta no es un simple escape de la fatiga.

Es de hecho, una representación inconsciente de la profunda necesidad de evasión que sufren los políticos tras sus interminables horas de 'trabajo'.

Ahora bien, si miramos la siesta desde el lente psicoanalítico, lo que realmente ocurre aquí es que, después de una breve siesta, los políticos se despiertan con una versión aún más distorsionada de la realidad.

Como si la mente, en un acto de autodefensa, hubiera relegado los problemas del país al rincón más oscuro de su inconsciente.

Es como cuando uno sueña que está volando.

¿pero qué es volar, sino una evasión total del peso de las responsabilidades?

Por supuesto, todos sabemos que en la práctica, la única política que sigue tras la siesta es la del 'vamos a hacer una reunión de 4 horas sobre este tema y no llegar a ninguna conclusión'.

El mismo vacío que experimentamos al despertar de un sueño profundo y percatarnos de que, efectivamente, no resolvimos nada en nuestra vida.

Y, claro, el periodista, al no reconocer la profunda conexión entre los políticos y su necesidad de dormir como escape, ha caído en lo que los psicoanalistas llamamos 'la falacia del insomnio'.

Porque, amigos míos, si los políticos realmente durmieran, tendrían que enfrentarse con sus propios demonios.

La culpa de no cumplir promesas, el miedo al despertar y descubrir que la realidad está peor que antes.

Pero no, eligen la opción fácil.

La siesta, ese pequeño sueño reparador que les permite seguir en la negación, mientras la sociedad paga el precio de sus inconscientes despertares.

El calor de un encuentro

La luz gris y fresca de la mañana caía sobre el campus universitario cuando Sofía entró en el aula.

La sensación de estar atrapada en un ciclo interminable de clases y rutinas la acompañaba cada día, pero hoy parecía más intensa.

La sala, con sus paredes de un blanco impersonal, el aire denso y cálido de la calefacción y el sonido monótono de los pasos de tantos alumnos sobre el suelo de madera, la recibían con una frialdad que no era solo de temperatura.

Sofía se acomodó tranquilamente al frente, dejando tiempo para que sus alumnos se sentaran, cuchichearán los últimos chismes de la universidad y organizaran sus pertenencias.

Su mirada recorrió el aula, un grupo diverso, algunos distraídos mirando sus teléfonos ¿cuándo no? Pensó.

Otros con la mirada fija en los apuntes de la última clase.

Había algo en ellos que la inquietaba, una desconexión sutil pero palpable.

El entusiasmo que ella sentía por la literatura, por las palabras, por el conocimiento compartido, no parecía reflejarse en ellos.

—Vamos a comenzar —dijo Sofía luego de un ratito, levantando la voz lo suficiente para cortar el murmullo de conversaciones sin sentido.

Una alumna levantó la mano, una de las más comprometidas del grupo, aunque su mirada aún parecía distante.

—Profesora, ¿realmente cree que el autor de este cuento quería decir todo eso? —preguntó con una ligera sonrisa, como si fuera una simple cuestión académica más, no algo que pudiera transformar su forma de ver el mundo.

Sofía la miró con paciencia, pero la sensación de que había algo esencialmente distante en esa pregunta la desconcertaba.

Era como si el sentido de lo que se leía ya no fuera algo vivo para los estudiantes, como si los textos se convirtieran solo en ejercicios de interpretación académica sin un ápice de emoción real.

—Claro que sí, pero no solo en términos literales —respondió, procurando inyectar algo de pasión en su voz—.

Los textos tienen muchas capas y lo que el autor quiere decir no es siempre lo que podemos ver a primera vista.

Es una conversación con el lector, una posibilidad de encontrar significados que quizás no se ven inmediatamente.

¿Qué pensás vos ? ¿Qué sentís vos cuando lees ese fragmento?

La alumna la miró, dudando un momento, como si la pregunta fuera tramposa y la hubiera tomado por sorpresa.

Finalmente, contestó de manera técnica, pero vacía de verdadera emoción.

—Creo que el autor estaba hablando sobre el conflicto interno de los personajes. Es algo psicológico, ¿no?

Sofía sintió un leve nudo en el estómago.

La respuesta era correcta, sí, pero tan académica, tan sin alma.

Los estudiantes se mostraban interesados por la superficie, pero rara vez se adentraban en las profundidades, en los matices que podían hacerlos sentir algo más allá de un ejercicio intelectual.

La pasión que ella ponía en enseñar, esa conexión entre el texto y las emociones humanas, parecía desvanecerse en el aire frío de la sala.

Al terminar la clase, Sofía recogió sus cosas mientras los estudiantes salían, algunos en silencio revisando sus whatsapp , otros murmurando entre ellos.

Alguien la detuvo de camino a la puerta del aula , era una de las estudiantes que había sido parte del grupo que había discutido y participado bastante, más temprano.

—Profesora, ¿tiene algún consejo sobre cómo interpretar mejor el texto? —preguntó con tono casual, como si estuviera buscando un sistema, algo que pudiera aplicar sin tener que comprometerse realmente con la obra.

Sofía sonrió, algo cansada, y asintió.

—La clave es no apresurarse. No busques solo respuestas, busca las preguntas.

A veces lo que no se dice es lo más importante.

La estudiante asintió rápidamente, como si esa respuesta fuera más un formalismo que un verdadero consejo.

En su rostro, Sofía no vio la chispa que tanto deseaba; solo una ligera incomodidad al escuchar lo que ella esperaba fuera una respuesta práctica, casi una fórmula para aprobar la materia.

La estudiante se despidió sin un entusiasmo real ,al no obtener lo que buscaba y Sofía se quedó sola en el aula vacía, mirando el reloj de la pared.

Unos minutos después, cruzó el pasillo hacia la oficina del departamento, donde se encontró con su colega Javier, un profesor de filosofía que compartía sus preocupaciones sobre la educación, aunque de una forma diferente.

—¿Cómo te fue hoy? —le preguntó él, dejando un libro sobre su escritorio mientras la observaba con una sonrisa cansada.

Sofía suspiró y se dejó caer en la silla frente a su escritorio.

—Lo mismo de siempre.

Parecen más interesados en pasar el examen que en realmente comprender lo que están leyendo.

El entusiasmo por el conocimiento se ha perdido, Javier.

A veces me siento como si estuviera hablando a una pared.

Ya no hay conexión.

Javier se apoyó contra el escritorio y la miró pensativo.

—Es cierto —dijo, su voz grave—.

Los estudiantes no están aquí para aprender por amor al conocimiento.

Vienen en su mayoría para cumplir con un requisito, para obtener un título que los conecte a un futuro que ni ellos mismos entienden del todo.

El sistema ha deshumanizado la educación.
Sofía lo miró, no sorprendida, pero sí un poco abrumada por la tristeza que esas palabras le traían.
Sabía que él tenía razón, pero la aceptación de esa verdad la hacía sentir aún más distante de su propio propósito.
—Lo peor es que yo sí lo amo.
Amo enseñar, amo leer, amo todo lo que implica descubrir algo nuevo, algo que te cambia, que te hace sentirte viva.
Pero ellos evidentemente no lo ven así.
Todo está reducido a una transacción.
¿Dónde queda la pasión?
¿Dónde quedan los momentos de verdadera conexión?
Javier frunció el ceño.
—No sé si alguna vez los estudiantes busquen esa conexión, Sofía.
Creo que estamos lidiando con generaciones que ya no se hacen esas preguntas.
La educación se ha convertido en un negocio y lo único que les importa es la certificación, el papel que les garantiza un trabajo, que luego les permita ganar dinero para irse de viaje a lugares exóticos y publicarlos en Instagram.
Todo lo demás queda fuera.
Sofía se recostó en su silla, mirando al frente.
El peso de las palabras de Javier parecía caer sobre ella, como si fuera parte del sistema que tanto criticaba.
Quizás había una verdad incómoda en todo eso, tal vez la pasión que ella sentía era un vestigio de otro tiempo, algo que no cabía en la maquinaria moderna de la educación.
—Lo peor de todo es que no puedo dejar de intentarlo —dijo, casi en un susurro—.
No puedo dejar de querer que comprendan, que sientan lo que yo siento al leer un libro, al descubrir el alma de un autor.
Pero tal vez eso no tiene cabida en este mundo.
Javier la miró con una mezcla de comprensión y melancolía.

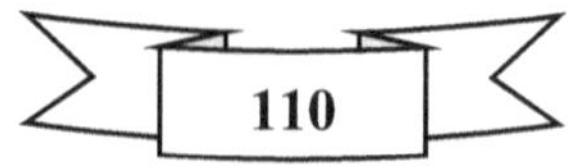

—Lo sé, Sofía.

Y creo que en el fondo todos seguimos creyendo que algo de ese amor por el conocimiento puede salvarnos, a nosotros y a ellos. Pero es una batalla solitaria, una batalla que parece perderse en las grandes estructuras.

Sofía asintió lentamente, el efecto de sus palabras continuó resonando en su mente mientras caminaba hacia la salida de la universidad.

La glacial noche la esperaba y con ella una sensación de vacío que había comenzado a formarse dentro suyo, como si las paredes de la universidad estuvieran absorbiendo todo lo que ella intentaba dar, todo lo que amaba.

Mientras cruzaba el umbral de la puerta, un pensamiento la invadió:

¿Es el frío de la ciudad lo que realmente me rodea o es el frío que se ha apoderado de mi alma, el mismo que veo reflejado en los rostros vacíos de los estudiantes?

Al comenzar a salir hacia la calle, una sensación de desconexión se apoderó de ella.

El aire gélido que ya percibía, parecía invadir cada rincón de su ser, como si fuera un reflejo del clima emocional de la universidad, donde la pasión de los ciertos alumnos por su materia símbolo del calor, era una excepción no la regla.

Al bajar por las escaleras que llevaban a la calle ,se detuvo un momento en la vereda de la facultad, mirando primero hacia el horizonte y luego echando un último vistazo al edificio, pensó que tal vez había algo más allá de esas paredes heladas, algo fuera del alcance de su ambiente de trabajo .

Algo que le devolviera el calor, que la hiciera sentir de nuevo esa chispa de vida que tanto deseaba compartir.

El invierno había caído sobre la ciudad como una bestia dormida, envolviendo las calles con su aliento helado.

El viento soplaba con fuerza, cargado de partículas diminutas de hielo que se estrellaban contra las ventanas y se colaban por las rendijas de cada ventana, como si intentaran entrar a la fuerza, a hurtadillas, sin que nadie las detuviera.

Los árboles, que a esa altura del año se encontraban despojados de su follaje, se erguían como espectros sin alma, sus ramas delgadas y retorcidas delineando sombras alargadas y aterradoras sobre el suelo cubierto por un manto blanco y uniforme.

La ciudad sumida en su clima glacial parecía haberse detenido, como si el tiempo mismo se hubiera congelado.

Era una de esas noches en las que el frío parece tener una vida propia, algo tangible, tal que se filtra entre las costuras del abrigo, que se cuela por dentro de las botas y se instala en la piel como una mano invisible, gélida y despiadada.

Sofia caminaba rápido por la avenida semi desierta intentando avanzar rápido y entrar en calor.

Los edificios se alzaban a ambos lados, como siluetas oscuras en la lobreguez con solo algunas ventanas iluminadas, en ese momento única señal de la existencia de vida en la tierra y las luces de las farolas parpadeaban amarillentas a lo lejos, titilando como si intentaran resistirse a la oscuridad que las rodeaba.

La noche estaba vacía en todo sentido , no había apenas personas en las calles y las tiendas de los alrededores se hallaban cerradas, sus vidrieras oscuras , con sus cristales reflejando la tenue luz de las lámparas de la calle.

Sofía sentía el frío clavándose en su rostro, cortante, como si la noche misma estuviera tratando de hablarle en susurros congelados.

Haciendo juego con la frialdad y falta de pasión que la había entristecido un rato antes en su trabajo.

Mientras más se alejaba del centro, el silencio se iba acentuando.

Por esa razón, el eco de sus pasos sobre la acera se multiplicaba rebotando en la melancolía.

Haciendo que la metrópoli pareciera aún más silente, más ajena.

Fue justo entonces cuando lo vio.

En la esquina, cerca de la entrada de un local cerrado, un hombre estaba sentado en los escalones, ajeno a todo lo que ocurría a su alrededor.

Estaba envuelto en un abrigo demasiado delgado para aquella noche, que apenas cubría su cuerpo de la furia invernal que lo rodeaba.

A su alrededor la nieve caía con lentitud, cubriéndolo todo con un manto blanco.

El hombre no pedía nada.

No extendía la mano como lo harían muchos en esas circunstancias.

No había rastro de desesperación en su rostro, ni de necesidad en su mirada.

Simplemente observaba cómo la nieve se acumulaba sobre el suelo, igual que si estuviera buscando algo en ese mismo invierno que rodeaba la ciudad.

Sofía por alguna razón, sintió una extraña necesidad de detenerse.

Algo en el hombre en su actitud, la había invocado.

No sabía qué exactamente, pero había algo en su presencia que la hizo detenerse en seco.

Su cuerpo intrínsecamente atraído hacia esa personalidad.

Tal vez fue la forma en que sus ojos brillaban, de un tono ámbar imposible de definir, algo que no pertenecía a este mundo, como los de algunos de los grandes escritores que más admiraba.

O tal vez era la calma que irradiaba, esa quietud que le hablaba de algo más profundo, de una sabiduría antigua que era ajena a la multitud que pasaba corriendo de un lado a otro, apresurada, sin detenerse a observar el mundo que los rodeaba.

El hombre no la miró de inmediato.

Parecía perdido en sus pensamientos, sumido en la quietud de su propio ser, un ser que se deslizaba entre los pliegues del tiempo como un espectro en busca de algo que solo él conoce .

Sofía, sin embargo, no pudo evitar aproximarse un poco más.

La nieve crujió bajo sus botas al acercarse y finalmente rompió el silencio con una frase que surgió sin pensarla.

—Hace demasiado frío para estar aquí afuera —dijo y su voz resonó más de lo que había imaginado, en la quietud de la noche, como si despertara a la ciudad del letargo invernal.

Instantáneamente pensó que era demasiado obvio lo que había dicho, casi una tontería y se arrepintió de molestarlo con eso.

El hombre, sin embargo al escucharla, lentamente levantó la mirada y la miró por fin.

Sofía notó la leve sonrisa que apareció en su rostro.

Era una sonrisa casi imperceptible, pero que iluminaba su rostro de una manera que la hizo sentir confortable como si, por un breve momento el frío que la rodeaba desapareciera.

—No para todos —respondió él, su voz suave, con una cadencia peculiar, como si cada palabra tuviera un peso especial.

No era una voz y una manera de hablar, que Sofía hubiera esperado de alguien en su situación.

Era una voz grave y profunda que tenía una musicalidad inusual, como si proviniera de algún otro lugar, de algún tiempo perdido.

La respuesta dejó en el aire una sensación extraña, como si el hombre no fuera de allí, como si no perteneciera al invierno que los rodeaba.

Sofía, desconcertada por la calma de su voz, lo observó más detalladamente.

Había algo en su presencia, algo en la forma en que se movía, que la hizo sentir que había algo más profundo, algún detalle oculto tras su mirada.

Evidentemente no era un vagabundo.

Era como si fuera un viajero en el tiempo, un alma errante que había cruzado mundos y épocas y ahora se encontraba allí, a los pies de un invierno eterno.

Quizás fue esa imagen la que la empujó a decir algo más.

—A veces, el frío de la calle da paso al calor humano —murmuró, sin saber muy bien por qué, como si las palabras vinieran desde algún rincón profundo de su ser.

El hombre la observó fijamente, como si estuviera evaluando sus palabras, tal si esas palabras tuvieran un significado mucho más profundo del que Sofía había anticipado.

Finalmente, inclinó levemente la cabeza, una señal de reconocimiento, y dijo:

—Eso es cierto —su voz sonó aún más aterciopelada, como si le hubiera hablado a través de las capas de la nieve que los rodeaba.

—Pero no todos están dispuestos a dejarlo entrar.

El silencio que siguió fue denso, casi palpable.

Sofía lo sintió en su piel, un peso invisible que parecía hundirla en un pensamiento profundo.

El momento pareció alargarse infinitamente, como si el mundo hubiera decidido detenerse a observar ese intercambio.

Finalmente, el hombre extendió su mano, al tiempo que con su mirada le indicaba que acercara la suya.

Un gesto extraño y simple a su vez ,pero cargado de una extraña solemnidad.

Sofía dudó por un segundo.

Era un desconocido en la noche de la gran ciudad.

Pero luego, sin pensarlo más ,extendió la suya apoyándola sobre la de él.

Fue en ese instante cuando sintió algo que la dejó desconcertada.

Su mano no estaba fría.

La piel del hombre estaba cálida, como si llevara consigo un calor eterno, una llama invisible que no se apagaba con el invierno.

La calidez de su toque se transmitió a través de la mano alcanzando a todo su ser, como si estuviera absorbiendo el sol de un verano lejano y por un momento todo su contorno pareció transformarse.

La nieve a su alrededor comenzó a derretirse dibujando pequeños círculos, como si el invierno mismo estuviera retrocediendo y ahuyentará la estación invernal.

Y los testigos de siglos de frío y oscuridad, se retirarán ante algo más grande y poderoso.

Sofía observó a su alrededor, sorprendida, mientras percibía que la luz de las farolas, antes fría y distante, se convertía en dorada, cálida y el aire que antes cortaba la piel como cuchillos helados, se suavizaba.

El hombre, al detectar la confusión en el rostro de Sofía, sonrió.

Pero su imagen parecía desvanecerse por un momento, como si fuera más de una cosa a la vez.

Se desdibujaba y Sofía sintió que algo extraordinario más allá de este encuentro estaba ocurriendo, algo que no podía comprender por completo.

—¿Quién sos? —preguntó, con su voz temblorosa, pero llena de una curiosidad inexplicable.

El hombre la miró fijamente y durante un momento parecía que el mundo entero se desvanecía, dejando solo a los dos en un espacio suspendido entre el tiempo y la memoria.

Finalmente, él susurró como si le hablara dentro de un velo invisible que los separaba del resto del mundo:

—Soy alguien que solía ser invierno —dijo suavemente—. Hasta que alguien decidió compartir su calor conmigo.

Las palabras quedaron flotando en el aire como un sonido extraviado y antes de que Sofía pudiera articular otra palabra, el hombre se levantó con tranquilidad.

Como si todo lo que acababa de suceder no tuviera una importancia trascendental.

Se dio la vuelta sin prisa y comenzó a alejarse, dejando tras de sí un rastro de huellas que se desvanecían lentamente bajo la nieve.

No parecía un hombre, ni un vagabundo, ni una simple figura solitaria.

Parecía algo más, algo que no pertenecía a este tiempo ni a este sitio.

Sofía se quedó allí, inmóvil, observando cómo esa figura desaparecía en la distancia.

El calor de su toque seguía presente en la piel de ella, un calor que no parecía real, que la envolvía de una manera extraña.

Bajo la mirada hacia la vereda y observó que donde el hombre había estado sentado, la nieve ya no caía.

El espacio alrededor de él permanecía intacto, como si el invierno hubiera decidido hacer una pausa y el frío se hubiera retirado, dejando paso a un misterio sin resolver.

Por un instante, Sofía pensó que todo había sido un sueño, una ilusión, una extraña fantasía de una inusual noche de invierno.

Pero la calidez en su cuerpo no desapareció y por primera vez en mucho tiempo, el frío de la noche no le pareció tan terrible.

Algo se había modificado dentro de ella.

Algo que no podía explicar, pero que la había transformado.

A veces, pensó, el calor que compartimos con los demás no solo los salva a ello.

También nos puede transformar a nosotros.

Y en esa noche silenciosa, mientras la nieve caía lentamente sobre la ciudad.

Sofía comprendió que el invierno, por más cruel que fuera, no podía borrar el calor de un encuentro compartido.

Dos Ángeles*

Los Ángeles te observan, te rodean y te cuidan.

Son invisibles para la mayoría de la gente, pero su presencia se siente como una brisa ligera en la piel, como el murmullo sutil de un viento que jamás se calma.

Una deliciosa bruma protectora parece abrazarte mientras estén cerca, envolviéndote en un manto de seguridad tan delicado que, si no estuvieras tan distraída por las tribulaciones del día a día, podrías llegar a percibir su suavidad.

Pero este no es un abrazo etéreo ni celestial.

Es un toque de humanidad, una conexión mundana, camuflada entre las vibraciones de un mundo que no tiene tiempo ni espacio para lo sublime.

Pese a las carencias milenarias de la memoria y el olvido, estas entidades no pertenecen a extraños ritos esotéricos, ni al misticismo antiquísimo que se difumina entre las sombras de las antiguas civilizaciones.

No, los dos Ángeles que te acompañan son de una estirpe diferente.

Van a tu lado vestidas con unos simples jeans y cómodas zapatillas, sus ropas sencillas reflejan una estética de desdén hacia la pompa de lo sagrado.

No necesitan adornarse con símbolos o vestimentas que las revelen.

En un mundo lleno de luces artificiales y glorias fugaces, eligen caminar entre la multitud sin ser detectadas.

Se deslizan como sombras por las calles, ignoradas por los ojos que jamás buscan más allá de lo visible, más allá de lo que la mente puede comprender.

A diferencia de esos declamadores seriales, de supuestas obras benéficas que pululan las múltiples pantallas, que siempre buscan un reconocimiento, ellas disfrutan de su anonimato.

En su soledad cargada de un propósito que trasciende lo humano, se esconden detrás de las facetas del ser cotidiano.

Como esos famosos superhéroes que ocultan su verdadera identidad tras un disfraz mundano, ellas cuidan de vos sin que lo sepas, sin que lo puedas siquiera imaginar.

Son una presencia constante y serena, seres que caminan con vos, que te observan mientras te desvías por tus caminos erráticos, tan distraída en tus pensamientos y preocupaciones que apenas notas su existencia.

Pero no te engañes.

Están allí.

Como un secreto guardado en el aliento de las horas.

Dos Ángeles invisibles pero presentes, dispuestas a intervenir, a proteger, a ofrecer un refugio ante la tormenta que se desata en tu alma.

Dos Ángeles a tu servicio.

Dos Ángeles que un día decidieron hacer lo que a nadie parecía importarle.

En su misión no sienten sacrificio ni renuncia; sólo la quietud del eterno cuidado, la silenciosa fuerza que se expande en la memoria del universo.

El salmo 9:11 dice:
 "El ordenará a sus ángeles, que te guarden en todos tus caminos."

Esta promesa, tan antigua como las escrituras, se convierte en la verdad palpable de sus vidas, en la esencia que les da forma.

Y ellas, sin pompa ni ceremonia, encarnan esta tarea sagrada.

Velar por vos, por tu camino.

No lo hacen desde una distancia celestial, como meros observadores del caos humano.

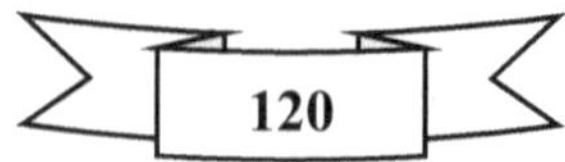

Sino desde un punto tan cercano que su presencia se confunde con las sombras que proyectas.

Se posan a tu lado sin que lo sepas, sin que puedas distinguir sus alas invisibles, como un sueño suspendido que nunca se desvanece.

Pero lo más extraño de todo esto, lo que parece imposible.

Es que estas guardianas de lo invisible no son seres inalcanzables ni ajenos a las vicisitudes de la vida.

Ellas son, en algún sentido, como vos.

Tal vez no comparten las mismas emociones, ni las mismas limitaciones.

Pero su existencia no está exenta de una extraña forma de tristeza, de un vaciamiento que les permite cuidar sin esperar nada a cambio.

Ellas se convierten en testigos del destino humano, guardianas de un alma colectiva que parece no saber si está perdida o simplemente esperando ser salvada.

En ocasiones, los Ángeles parecen ser más humanos que aquellos a quienes deben proteger.

Lo que les otorga su poder no es la perfección o la sabiduría absoluta, sino la capacidad de estar presentes sin ser notados, de existir en la penumbra entre lo palpable y lo etéreo.

Como si al velar por tu camino, también velaran por el suyo propio, tal vez sin saber a dónde las llevará este acto eterno de cuidado.

Uno se pregunta entonces.

¿Es posible que los Ángeles no busquen salvarnos?

Tal vez su misión no sea rescatar, sino simplemente estar allí, siendo testigos del alma humana.

Tal vez el cuidado no radica en protegernos de todo mal, sino en permitirnos existir, en el espacio intermedio entre lo que conocemos y lo que no podemos conocer.

En ese juego entre lo visible y lo invisible.

Ellas cumplen su misión sin hacer ruido, sin exhibir un brillo que revele su naturaleza y sin embargo su presencia es suficiente.

El escritor, encerrado en su pequeño cuarto, ha tratado de capturar sus gestas en las páginas de un cuaderno que nunca termina.

Ha intentado desvelar el misterio de esos seres que, por algún motivo, están con él en sus días más grises, en sus noches más solitarias.

Pero al final, comprende que escribir sobre estos dos Ángeles no es más que una ilusión de captura.

Una búsqueda que lleva al hombre a enfrentarse con su propia incapacidad de comprender lo eterno.

Tal vez, pensará el escritor, sea mejor dejar que estos dos Ángeles sigan siendo lo que son: invisibles, inalcanzables, pero siempre presentes.

*Este relato, está dedicado a dos mujeres que un día decidieron rescatar a una niña, de lo que hubiera sido un triste destino y la ayudaron a transformar su oscura vida, en un brillante presente y un futuro que se avizora hermoso y feliz.

Dos mujeres que han hecho todo esto, en el mayor anonimato, sin esperar un rédito y brindando tiempo, dinero y mucho trabajo.

Tratado sobre la lluvia

La lluvia, por definición, moja.

No tiene ambigüedades, no hay matices en su existencia.

La lluvia es como esa persona que te invita a una fiesta, te pide que vayas vestida muy elegante y de repente te tira encima toda la bebida sin avisarte, como si fuera parte de la diversión.

De arriba hacia abajo, esa es la dirección en la que cae la lluvia, salvo algunas excepciones que confunden tanto a científicos como a simples mortales.

En esos no tan raros momentos de viento, la lluvia tiene la insana costumbre de caerte de lado, o incluso si te descuidas, te cae de forma completamente diagonal.

A mí eso me parece un acto de pura maldad meteorológica.

Llamémosla lluvia MOLESTA, porque lo único que logra es mojarnos, incluso si vamos bien preparados con paraguas en mano.

Como si el simple acto de tener un accesorio por encima de la cabeza pudiera salvarnos.

O hacer algo glorioso como sacudir el agua de nuestras almas.

El paraguas, ese objeto que se convierte en un chiste cruel del destino cuando el viento decide unirse a la fiesta, transformándolo de un elegante protector a una especie de paracaídas roto o una obra de arte moderno compuesta de metal retorcido y telas desgarradas.

Y nos convierte a nosotros en el hazme reír de la gente qué pasa a nuestro lado, mientras nos ve caminar con ese manojo de tela y metal retorcido en la mano y totalmente mojados.

En los días calurosos, la lluvia es casi una salvación.

Es el abrazo refrescante que nos recuerda que la naturaleza todavía puede ser un buen amigo, incluso si el sol está tratando de freír nuestros cerebros a fuego lento.

Los agricultores, esos seres nobles que viven esperando el momento en que el cielo decida regalarles algo de humedad.

Probablemente saludan a la lluvia como si fuera un billete de lotería.

Para ellos, la lluvia es como encontrar el último pedazo de pan en la en la panadería cuando están cerrando.

Pero cuando pensabas que ya no había ninguna exageración más.

"¡Oh, milagro!" gritarían algunos gauchos, si no fuera porque están demasiado ocupados sembrando semillas y diciendo cosas muy sabias sobre la tierra, que los humanos normales no entendemos.

Y no olvidemos a los que disfrutan de la lluvia durante sus vacaciones en las zonas costeras de playa.

Sí, esos mismos personajes.

El turista que pasa horas buscando un descanso de la rutina de sol y mar, para ir a algún un lugar que no huela a bronceador ni a salitre.

Pero que no se anima, ya que gastaron mucho dinero en este veraneo, así que aunque estemos hartos de playa, hay que quedarse hasta reventar de calor.

La lluvia, en ese contexto, es una bendición disfrazada de inconveniente.

¡Mira! ¡Está lloviendo! ¡Qué suerte!

Dicen por lo bajo.

Ahora puedo dejar de preocuparme por mi bronceado y hacer algo diferente, como ir a comprar un souvenir innecesario al centro y luego mirar cómo el agua cae mientras me siento cómoda en un café de la peatonal.

Porque toda ciudad turística de la costa de cualquier rincón del mundo, tiene una peatonal que se llena de turistas los días de lluvia.

Ah sí, es la excusa perfecta para hacer una pausa en esa misión diaria de estar más dorada que las milanesas que te servían en la escuela cuando la cocinera las sacaba tarde de la sartén.

En el fondo, todos sabemos que la verdadera lucha no es con el sol, sino con el parador de playa más cercano donde servían mojitos y cerveza helada.

Pero, por supuesto, la lluvia tiene que aparecer justo en el momento en que encontrás la ubicación perfecta para una selfie.

Ahí es cuando te das cuenta de que la lluvia, esa amiga que nunca invitaste, llega sin anunciarse y a destiempo.

Sin embargo existen otras personalidades humanas que agradecen la presencia de la lluvia, aunque por motivos menos poéticos.

Los dueños de salas de cine, por ejemplo están en su gloria cuando el cielo comienza a llorar.

¿Por qué?

Porque la lluvia trae consigo algo que no es precisamente la hidratación del suelo, sino la hidratación de las taquillas.

La gente corre, se refugia y en su desesperación por evitar un chaparrón, se convierte en un espectador casual de una película que nunca pensaron ver.

Es el milagro del cine.

¿Qué hacer cuando llueve y no querés mojarte?

Vamos a ver una película que te haga olvidar que hay una tormenta afuera.

Y claro, nunca nos olvidemos de esos vendedores callejeros de paraguas, siempre oportunos, siempre en la esquina correcta.

Son como esos carteros que, sin importar el clima, siempre llegan a tiempo para recordarte, aunque no lo desees, que aún no pagaste la factura del gas.

Y los fabricantes de impermeables y camperas de lluvia.

Esos personajes para los que no existe el "mal tiempo".

Ellos nunca pierden.

Siempre se ríen al final de la temporada, porque la lluvia es su pan de cada día.

Y si hablamos de los taxistas, ¿qué podríamos decir?

Algunos ven la lluvia como un Dios que les envía clientes directamente al asiento trasero de su vehículo, aunque se quejen si les mojas su taxi.

Otros conductores de taxi, por otro lado, se convierten en expertos en evasión.

Una gota de lluvia y de repente, sienten que se derretirá su auto y reaccionan como si estuvieran conduciendo en un episodio de "Escape de la Tormenta".

Se puede ver la estrategia.

Un taxi que va despacio, dando giros, esquivando el agua y los charcos como si fuera un arte marcial de la conducción urbana.

Uno podría pensar que el conductor está participando en un rally, solo que el rally se está llevando a cabo en una ciudad llena de semáforos y personas con paraguas.

Hasta que logran llegar a su garaje.

Y si la lluvia trae consigo tantos beneficios para unos, también genera un profundo dolor y enojo en los corazones de otras.

Las felices poseedoras de nuevos zapatos, esas criaturas delicadas que acaban de encontrar finalmente y comprar el par perfecto, deben vivir con el constante miedo de que la lluvia arruine su inversión en estilo.

Es una tragedia sin igual.

Las felices poseedoras de zapatos nuevos, que adquirieron esos símbolos de estatus personal, caen víctima de la "húmeda" naturaleza, esa fuerza primitiva que no respeta marcas famosas ni presupuestos arruinados aunque signifique la destrucción total de tu tarjeta de crédito.

También podríamos incluir a la gente que acaba de salir, luego de hacerse un peinado o algún tratamiento para el cabello en la peluquería, por supuesto.

También detestan la lluvia con una intensidad que solo puede ser igualada por su amor a los productos para el cabello.

¡Pagué muchísimo dinero por este peinado!

¡No puede ser! Exclaman.

Pero la lluvia no tiene remordimientos.

No está ahí para hacernos sentir cómodos.

No le importa si tu cabello está perfectamente alisado o si tu blusa es de seda.

En el fondo, la lluvia es la rebelde de la naturaleza, una especie de "yo hago lo que quiero" climática.

Se han escrito poemas, canciones y se ha hablado de la lluvia como si fuera una musa caprichosa, una fuente de inspiración romántica que nunca deja de crear.

Y claro, en todos esos poemas, la lluvia aparece como un ser angelical, que refresca, que rejuvenece, que renueva la tierra y el amor.

Recuerdo en estos momentos el verso de una hermosa canción del gran Armando Manzanero que dice:

"Esta tarde vi llover, vi gente correr y no estabas tú"

Ingenuo del protagonista de la canción, pensaba yo, cuando oía este tema.

¿Qué mujer en su sano juicio se va a quedar esperando una cita amorosa bajo la lluvia, para que cuando llegue el amante la vea con el aspecto de un espantapájaros abandonado?

Pero si miramos más de cerca, veremos que la lluvia también es una ladrona.

Roba nuestra paz, nuestra ropa seca, y nuestro derecho a caminar sin ser arrastrados a charcos de agua y baldosas flojas que se empeñan en salpicar nuestros pantalones, en especial si son blancos.

La lluvia no viene con una advertencia, no avisa, no te manda un mensaje antes de llegar.

Simplemente aparece, sin pedir permiso.

Y como la lluvia, que se escurre por la ventana, es un recordatorio de que no todo en la vida es predecible.

Dejamos este tratado inconcluso.

Porque, después de todo, si la lluvia nos enseña algo, es que nada dura para siempre, salvo la humedad de nuestros zapatos cuando nos sorprendió un chaparrón.

Así que, aunque podríamos continuar analizando este fenómeno natural en todos sus matices, tomando en cuenta su historia y sus efectos sobre nuestra psique, nos vemos obligados a suspender este trabajo por "MAL TIEMPO".

¿Por qué suceden las cosas?

Una madrugada de abril, en una placita de pueblo donde los relojes parecían haberse detenido, alguien le preguntó al viejo Robles:

—¿Por qué suceden las cosas?—

El viento suave y cálido del norte, arrastraba consigo la memoria de los días olvidados y la quietud de esa plaza suspendía las horas en el aire.

Robles, que parecía formar parte de la misma arquitectura que los viejos bancos de hierro y madera y las antiguas farolas, no respondió de inmediato.

Sus ojos oscuros profundamente hundidos bajo las arrugas de su rostro,se perdieron en un punto indeterminado del horizonte, como si el tiempo le reclamara una respuesta más antigua que el propio sol.

La plaza por su parte, parecía ser un pequeño espacio en un rincón extraviado donde el mundo se había desentendido de sí mismo.

Sus caminitos internos cubiertos de piedras grises gastadas por las pisadas de generaciones, crujían bajo la suave presión del paso de cada transeúnte.

Las sombras de los árboles se proyectaban largamente sobre el suelo a esa hora, como si intentaran atrapar las huellas de las historias que se han perdido.

En las paredes de las casas cercanas, el musgo se adhería con parsimonia, cubriendo de verde los vestigios del pasado.

Las farolas apagadas todavía daban la impresión de estar esperando ser testigos del juego de los niños y de un beso secreto entre dos amantes.

El banco donde Robles se sentaba, cubierto por la oscuridad al caer la tarde, tenía el aire de una reliquia relegada por todos.

Excepto por los que,como él, habían hecho de ese mágico lugar su refugio.

La gente venía y se iba, pero él permanecía como un centinela inmóvil de un mundo que se deslizaba sin prisa, pero sin detenerse.

Nadie sabía exactamente cuando llegaba Robles y en qué momento se iba del lugar.

Le gustaba observar el movimiento de las copas de los árboles que rodeaban la plaza, porque se alzaban como testigos de alguna civilización pasada, cuyas hojas caídas eran los rastros de vivencias que ya no existían y algunos creían que él era el último vestigio de esa leyenda.

Ese día el cielo no se mostraba con la claridad de los días soñados.

Nubes bajas y densas colgaban pesadas sobre el pueblo, anunciaban quizá un viento más poderoso y posibles lluvias para la noche, por lo que había pocos que se atrevían a caminar al aire libre.

En el aire flotaba ya un olor a tierra mojada, el preludio de una tormenta que parecía estar demorada, esperando alguna señal celestial para caer.

El pequeño grupo que estaba cerca del viejo Robles lo miraba con curiosidad.

Sabían que su respuesta sería algo más que una simple explicación.

El viejo nunca respondía con afirmaciones, sino que desplegaba ante ellos un mapa de historias, de símbolos y de sombras.

Aquel día, Robles dejó su libro, un tomo envejecido de páginas amarillentas y encendió un cigarrillo.

El humo comenzó a serpentear en el aire y parecía ser la conexión entre dos mundos, el de lo inmediato y lo eterno.

Mientras exhalaba, la plaza parecía respirar al mismo tiempo que él y por un instante todos los murmullos y pasos de los transeúntes cesaron, parecía que el viejo hubiera detenido también el movimiento del universo.

Tras un largo silencio, Robles habló, su voz grave y pausada con la cadencia de un hombre que se sabe dueño del tiempo, así comenzó su relato.

—Hubo un hombre, cuyo apellido se ha perdido en los polvorientos archivos del tiempo, que dedicó su vida a intentar comprender el destino.

—Sabía cómo lo sabían los estoicos y los astrónomos, que el universo obedece a ciertas leyes inexorables.

—Sin embargo, había algo que lo inquietaba.

La luz del sol quebrada por las nubes, iluminaba tenuemente el rostro del viejo.

En sus ojos brillaba una chispa, como si las palabras que iba a decir ya hubieran sido formuladas muchas veces antes, pero nunca de esa forma.

La gente como si estuviera hipnotizada por el ritmo de su relato, se acercaba e inclinaba ligeramente hacia él.

—Cierta noche muy fría de invierno, luego de una tarde muy lluviosa, caminando solitario entre la bruma de la costa junto al inmenso mar, de repente se detuvo.

—Un detalle ínfimo había llamado su atención.

—Era una gota de lluvia mirando hacia abajo, suspendida de la hoja de un árbol.

—Sabía que debía caer, pues así lo había decretado Newton siglos atrás.

—Pero la gota, contra toda razón, persistía en su lugar.

Un niño que había estado en silencio, miraba la figura del viejo con una fascinación que superaba su comprensión.

Robles lo observó brevemente, le dedicó una media sonrisa y continuó.

—Se quedó observando la gota durante largas horas, absorto.

—Luchando contra su cansancio, intentando no pestañear por temor a perder el momento en que cayera.

—Pensó en la gravedad, en la resistencia de los materiales, en las fuerzas invisibles que rigen el cosmos.

—Recordó los argumentos de Leibniz y Spinoza, las geometrías de Euclides, las simetrías del I Ching.

—Concluyó con un terror casi infantil, que aquella gota había elegido desafiar su destino.

—La contempló durante horas.

El viento soplaba con mayor fuerza, agitando las hojas de los árboles y avivando suavemente la brasa rojiza del cigarrillo de Robles.

Como si el mismo universo quisiera interferir en sus palabras.

El viejo, imperturbable, siguió.

—Creyó ver en ella la metáfora perfecta de su propia existencia.

—El precario equilibrio entre la voluntad y el determinismo.

—Se preguntó como alguna vez lo hicieron los griegos, si el tiempo era un río que fluye o un círculo que se repite.

Un hombre de edad avanzada, de rostro curtido por los años el trabajo de campo y las estaciones, murmuró.

—¿Es la gota entonces, una metáfora del hombre mismo?

—¿Luchando contra las fuerzas que lo arrastran?

Robles lo miró, una pequeña sonrisa jugando en sus labios.

—Es más que eso. La gota desafía no solo la caída, sino la propia naturaleza de la vida.

—El hombre se enfrenta, a veces a una encrucijada del destino y en su resistencia, se define.

—Y esa gota.

—Fue un eco de esa lucha.

Hubo una pausa.

El aire parecía haberse vuelto más silencioso, como si todos los presentes contuvieran la respiración.

El cigarrillo de Robles ya se había consumido por completo y la ceniza caía lentamente al suelo mientras continuaba el relato.

—Cuando al fin la gota cedió y cayó, ese hombre sintió que algo dentro de él también se derrumbaba.

—Regresó a su casa meditando sobre la escena que había visto, quemó sus cuadernos de anotaciones y nunca más volvió a preguntarse por qué suceden las cosas.

El viejo Robles dejó escapar un leve suspiro, como si se despojara de un peso invisible.

Apagó lo que restaba del cigarrillo con la punta de su vieja y gastada bota sin apresurarse, como si el tiempo mismo le estuviera diciendo que no había prisa.

El mutismo que siguió pareció interminable para los presentes, casi palpable, como si las palabras del viejo hubieran dejado una marca indeleble en el ambiente mismo.

Nadie se atrevió a decir palabra, como si expresar algo rompiera la delicada tela de significado que se había tejido alrededor del lugar.

Los árboles seguían sus movimientos lentos, indiferentes al paso del tiempo y una leve brisa parecía colarse entre las hojas.

Mientras el cielo de un gris oscuro ,indicaba el preámbulo del temporal.

No sorprendió por eso, que la gente se fue dispersando lentamente, dejando atrás un murmullo de pensamientos y charlas en voz muy baja, flotando entre las sombras.

Al día siguiente, cuando finalmente las nubes prevalecieron.

Un hombre que había estado presente aquella noche, evocó el relato.

Se encontraba bajo la lluvia, caminando por la misma plaza.

El sonido de las gotas al caer sobre los charcos era un murmullo suave, casi imperceptible que le resultaba placentero.

En un gesto automático, miró hacia los árboles que rodeaban la plaza.

Y allí, de la cara inferior de la hoja de un árbol, una gota de agua se resistía a caer, suspendida como una lágrima que no quiere brotar.

El hombre se detuvo en seco.

Por un instante, el mundo a su alrededor se desvaneció.

No le importó el sonido del motor de un automóvil ruidoso que pasaba, ni las voces de una conversación lejana.

El viento parecía haberse detenido, la lluvia cayó en silencio.

La gota en un acto de provocación, desafiaba a la gravedad, manteniéndose suspendida en el tiempo y en el espacio.

Por unos segundos, el hombre contempló la escena como si fuera el último vestigio de una revelación incomprensible.

Intentando interpretar el sentir del personaje, de la historia que Robles había relatado el día anterior.

Algo profundo se agitaba dentro de él, una extraña vibración que retumbaba en su cuerpo, pero no lograba desentrañar.

Parecía que aquella gota lo estuviera mirando a él, invitándolo a comprender el misterio de la vida misma, un misterio que quizás nunca podría ser resuelto.

Juntó paciencia, aguardo largo rato.

Finalmente la gota tembló y al fin.

Cedió y cayó.

El hombre suspiró y siguió caminando, pero algo en su interior había cambiado.

Algo que no podía explicar, pero que sentía profundamente.

La lluvia tal si supiera que el momento había pasado, continuó cayendo suave pero constante.

Lavando las calles, las hojas, y los recuerdos de todos los que pasaban por allí.

El hombre, sin más respuestas, siguió su camino como todos, avanzando hacia un tiempo que jamás se detendría.

Ya alejado de la plaza, continuó caminando bajo la lluvia, con su mente ocupada en comprender el dilema de la quietud de la gota suspendida, de su resistencia al destino.

Pensó en las palabras del viejo Robles, en la historia del hombre que había observado esa gota, preguntándose si no era en realidad la pregunta en sí misma la que nos define.

¿Por qué suceden las cosas?

Tal vez, reflexionó, la verdad no reside en la respuesta, sino en la pregunta eterna que nos habita.

Porque al fin y al cabo, las cosas no suceden porque tengan una razón, sino que por el simple hecho de cuestionarnos ya las convierte en parte de nuestra.

Y en ese transitar, la pregunta siempre estará allí.

Girando y desvaneciéndose como las sombras en la plaza. Persistentes, incompletas, como los recuerdos de algo que ya no podemos alcanzar.

¿Por qué suceden las cosas?

Puede que la misma ausencia de respuesta sea lo que da forma a nuestra existencia.

La tapa blanca

Era una tarde cualquiera, una tarde de clima amable y ambiente tranquilo, de esas que invitan a pasear con seguridad o al menos así la percibía yo.

Llegué puntual a la consulta, como siempre, sin saber que esa sesión sería diferente.

El consultorio de mi psicoanalista, estaba en un primer piso en la esquina de un edificio de pocas plantas.

Así que generalmente luego de que me abriera la puerta de calle.

Subía por la escalera.

Generalmente ya me aguardaba en la puerta de entrada.

El consultorio de un hombre que conocía mis pensamientos más íntimos, tenía las paredes cubiertas de estantes repletos de libros, pero siempre había algunos sobre su escritorio.

La luz suave de la tarde se filtraba por las persianas y la copa de un árbol que se veía justo a través de la ventana detrás de él.

Dejando caer largas sombras que se entrelazaban con las pilas de papeles en su escritorio.

Me acomodé en el sillón, que estaba dispuesto del otro lado del escritorio, frente a él.

La situación, aparentemente rutinaria, me parecía algo más tensa que de costumbre.

No sabía si era el tema de la conversación o el hecho de que últimamente me sentía más inquieto de lo usual.

Empezamos con las primeras preguntas, las típicas.

Pero pronto se tornó en un terreno más complejo.

Yo terminaba de hablar sobre un conflicto que no me permitía descansar por las noches.

—¿Qué pensás sobre lo que me contaste?

—¿Estás tan seguro que es así como lo relatas? —me preguntó de repente, como si hubiera estado esperando ese momento durante toda la sesión.

Me tomó por sorpresa.

Había algo inquietante en esa pregunta, como si me desafiara a encontrar las respuestas que ni yo mismo sabía que tenía.

—La certeza, como todo en la vida, está llena de matices. —respondí, tratando de sonar firme, aunque en el fondo sabía que mi propia seguridad en el tema no era tan sólida como pretendía mostrar.

En mi mente, las palabras parecían razonables, pero algo dentro de mí dudaba, como si la pregunta estuviera abriendo una grieta en la superficie de mi pensamiento.

En ese instante, busqué una forma de asegurar mi postura, como si mis palabras pudieran ganar algo de peso con un ejemplo.

—¿Entonces? Me re preguntó.

Un poco herido por el cuestionamiento, me apure en afirmar.

—Estoy tan seguro de esto que te acabo de decir, como de que la tapa de este libro es blanca. —

Dije, señalando el libro que tenía delante de mí, sobre su escritorio.

El psicoanalista se detuvo, observando detenidamente mi gesto.

Sin decir palabra, se dio tiempo para observarme.

No me di cuenta de lo que estaba haciendo hasta que vi su mano alargarse lentamente hacia el libro.

Con un movimiento sutil, levantó la hoja blanca que cubría la tapa negra de ese libro que se encontraba frente a mí ,sobre su escritorio.

Un silencio se instaló entre nosotros.

Un silencio largo, pesado, como si el tiempo hubiera decidido seguir su curso, ajeno a las palabras que habíamos dicho.

Entonces, lo vi.

La tapa del libro, que yo había jurado segundos antes que era blanca, no lo era.

Era negra.

Una tapa casi lisa, de esas con cubiertas brillantes y negra, que reflejaba la luz de la tarde en tonos oscuros y profundos.

La hoja blanca que cubría la tapa parecía haber estado allí siempre.

Escondiendo la realidad que yo había confundido.

Mezclando mis certezas con mis ilusiones.

Era un detalle insignificante, pero en ese momento me sacudió con la fuerza de una revelación.

Me quedé sin palabras.

El psicoanalista imperturbable, me miraba en silencio.

—¿Ves? —Dijo después de lo que me pareció una eternidad—.

—La certeza, como la percepción, puede ser un espejismo.

—Quizá, si hubieras observado con más calma, habrías visto lo que estaba allí, frente tuyo.

—Pero en tu afán por defender lo que creías saber, la realidad se deslizó entre tus dedos.

Un estremecimiento recorrió mi cuerpo.

De repente, todo en el consultorio parecía estar al mismo tiempo muy cerca y muy lejos.

Las estanterías llenas de libros, los papeles sobre el escritorio, el movimiento de las hojas verdes del ombú detrás del cristal de la ventana.

Todo parecía tener una nueva dimensión, como si lo que antes era simplemente cotidiano ahora estuviera marcado por la duda.

—¿Eso es todo? —pregunté, mi voz vacilante, sin saber bien qué más decir.

—No. —Respondió con calma—. Eso es solo el principio.

—La lección aquí no está en la confusión del color del libro, sino en el hecho de que nuestra mente tiende a apresurarse.

—En buscar respuestas sin darnos el tiempo para ver más allá de lo evidente.

En ese momento, entendí.

No se trataba solo de un error trivial, sino de algo mucho más profundo.

La mente humana, en su afán por comprender y clasificar, a menudo pasa por alto los detalles que podrían modificar por completo nuestra percepción de la realidad.

Aquella hoja blanca, tan sencilla en su forma, había estado allí todo el tiempo y sin embargo yo no la había visto.

—El problema no es la tapa del libro, sino la rapidez con la que tomamos nuestras conclusiones —continuó él, como si hubiera estado esperando que entendiera ese punto crucial.

No supe qué responder.

No quería admitir que había caído en esa trampa tan humana.

En mi afán de ser rotundo, de tener la última palabra, había ignorado el hecho más sencillo.

Que la realidad no siempre se presenta de forma inmediata, que a veces se requiere de una pausa, un respiro, para ver lo que de otro modo se nos escapa.

—Creo que entendí —respondí finalmente, casi sin poder articular las palabras correctamente.

La consulta había terminado en silencio, pero el aire del consultorio seguía impregnado de algo más profundo.

 El psicoanalista no dijo nada más, salvo saludarme hasta la próxima sesión y me levanté para salir.

Aunque sentía que no estaba listo para hacerlo.

Cada paso hacia la puerta parecía llevarme a un lugar distinto, más allá de la consulta, más allá de lo que había dicho.

Las calles, con su bullicio y su prisa, me resultaban ajenas, distantes, como si no perteneciera a esa realidad.

Al abrir la puerta de la consulta ,un viento fresco se coló en la habitación, haciendo que las cortinas se agitaran como fantasmas, dibujando figuras distorsionadas sobre las paredes.

Cuando descendí por la escalera y salí al exterior, la tarde ya estaba cayendo, pero todo a mi alrededor parecía ser parte de un sueño.

Las sombras, la luz, los sonidos.

Todo parecía estar esperando a ser visto, pero visto con otros ojos, con la calma que a menudo nos falta.

El tiempo, en su continuo fluir, me había dado una oportunidad para detenerme, para observar más allá de lo evidente.

Y tal vez, pensé, esa era la clave de la certeza.

No apresurarse en tener razón, sino en ser capaz de mirar sin prejuicios, sin apremios.

El libro en mi mente ya no tenía tapa blanca ni negra, solo existía como una metáfora de cuán fácil es caer en las trampas de la mente humana y cuán difícil, a veces, es ver lo que realmente está frente a nosotros.

Afuera, los edificios se agigantaban con el crepúsculo, pero el cielo aún mantenía un resquicio de luz, una tonalidad rojiza, casi irreal.

Mientras caminaba por la calle, mis pensamientos seguían atrapados en la imagen del libro, de la hoja blanca que había cubierto la tapa negra.

Mientras reflexionaba sobre lo que me había dicho el psicoanalista.

La realidad no se muestra de forma inmediata.

La mente humana, en su ansia por comprender, toma atajos, forja certezas y en ese proceso olvida lo más elemental.

Observar sin prejuicios, sin esperar un resultado.

Decidí caminar sin rumbo, sin preocuparme por el tiempo, hasta que llegué a un pequeño parque.

Había poca gente, solo algunas parejas románticas y un par de ancianos sentados en bancos, mirando al vacío.

Me detuve y me senté en otro banco desocupado, mirando al horizonte.

Los árboles se mecían suavemente, las hojas brillaban con la última luz del atardecer.

Por su tranquilidad, todo parecía estar en su lugar, en perfecta armonía.

Pensé en la naturaleza de la certeza, en la obsesión por estar seguro de algo.

¿Acaso el ser humano no vive en busca de respuestas definitivas?

¿De una verdad absoluta que le permita descansar, que le dé tranquilidad ante el caos de la vida?

La idea de la certeza me pareció tan esquiva como la misma luz del día, que se oculta detrás de las nubes al final de la tarde.

Fue en ese momento cuando recordé algo que el psicoanalista había dicho en otra ocasión, en una de esas conversaciones dispersas que parecían más bien fragmentos de una reflexión filosófica.

Él me había hablado sobre los espejismos, esas ilusiones que nuestra mente crea cuando no tiene toda la información, pero aun así cree que tiene la respuesta.

—La mente humana, en su afán de dar sentido a todo, puede fabricar realidades donde no las hay". Me había dicho.

¿Era acaso esa la razón de mis equivocaciones?

¿De mis confusiones?

¿De la forma en que había confundido el color de la tapa del libro o incluso la manera en que había interpretado muchas de mis experiencias?

En ese parque, rodeado de una calma que contradecía mi agitación interna, comencé a ver las cosas con otra perspectiva.

El aire fresco me hizo pensar que la mente, a pesar de su constante flujo de pensamientos y juicios, también tiene sus límites.

Quizás no todo podía ser comprendido de inmediato.

Quizás la verdad no es un destino al que se llega, sino un camino de continuos descubrimientos, de errores y aprendizajes.

Y fue allí, en medio del pequeño parque, rodeado por la quietud de la naturaleza, cuando una imagen surgió, simple, pero reveladora para mí.

La mente humana es como un espejo empañado, que necesita tiempo y cuidado para reflejar la verdad con claridad.

La reflexión me hizo sonreír.

Tal vez era un pensamiento superficial, pero de alguna manera, sentí que se acercaba a la esencia de lo que había vivido esa tarde.

Posiblemente lo que había ocurrido con el libro no era solo una lección sobre la certeza, sino sobre el proceso mismo de observar.

Había visto lo que quería ver, no lo que estaba realmente allí.

Decidí regresar al consultorio.

Necesitaba hablar con el psicoanalista.

No estaba seguro de qué más podía decir, pero sentía que había algo más por explorar, una parte de la conversación que aún no se había dicho, algo que mi mente había dejado atrás por completo.

Cuando llegué, el psicoanalista me miró con una ligera sonrisa, como si hubiera esperado mi regreso.

—¿llegaste a alguna conclusión, después de lo que discutimos? —preguntó.

Lo miré con detenimiento.

Quizás, en algún nivel, me sentía avergonzado por haber llegado tan tarde a una comprensión tan básica.

Pero también sabía que esas lecciones no se aprenden con facilidad.

—Creo que entendí algo importante. —dije, de forma pausada, sintiendo cómo las palabras salían de mi boca con una claridad que no había tenido antes.

—La certeza es como una construcción, algo que podemos edificar en nuestra mente, pero que no siempre refleja la realidad tal como es.

A veces, lo que creemos saber no es más que una ilusión, un espejismo.

El psicoanalista asintió lentamente, como si la respuesta ya fuera conocida.

—Exactamente. La mente, en su apuro por comprender, puede dejar de lado las pequeñas verdades que la rodean.

—Pero también es capaz de ver más allá, si tan solo aprendemos a pausar y observar.

Nos quedamos en silencio por un momento.

Una vez más, la habitación parecía impregnada de una quietud inmutable.

 El sonido de la ciudad llegó distante, pero sus ruidos parecían ser absorbidos por las paredes de aquel lugar.

—Creo que ahora comprendo por qué la pausa es tan importante —continué, más para mí mismo que para él.

—No solo es necesario para ver lo que realmente está frente a nosotros, sino también para aceptar que no siempre tenemos todas las respuestas y la razón.

En ese momento, el psicoanalista me miró con una expresión que no supe interpretar.

Era una mezcla de reconocimiento y comprensión, como si hubiera visto más allá de lo que mis palabras decían.

Finalmente, dijo:

—La verdad, nuestra verdad nunca está tan al alcance de la mano como creemos.

—Siempre está más allá.

—Esperando ser descubierta, pero nunca con prisa.

—Debemos aprender a mirar en silencio, a permitir que la realidad se nos revele a su propio ritmo.

Salí del consultorio con la sensación de que, por primera vez en mucho tiempo, había tocado algo cercano a la verdad.

No una verdad absoluta, ni definitiva, sino una verdad muy personal que solo se revela a aquellos que tienen la paciencia y el deseo de mirar más allá de lo inmediato, de lo obvio.

Afuera, la ciudad seguía su curso, pero yo ya no estaba tan seguro de lo que había visto en ella.

Cada callecita, cada casa, parecía tener una nueva dimensión, una nueva posibilidad de ser observada.

Como si, en algún lugar, estuviera escondida una tapa blanca sobre un libro negro, esperando ser descubierta por alguien que tuviera el valor de mirar más allá de la superficie.

Y por primera vez, comprendí que quizás no se trataba de encontrar respuestas definitivas, sino de aprender a observar lo que realmente está frente a nosotros.

Sin prisa. Sin prejuicios.

Con calma.

A pesar de las palabras del psicoanalista y de mi propio entendimiento del error cometido, el día siguiente fue una repetición del mismo sentimiento inquietante que me había acompañado durante años.

 La realidad no parecía estar donde la dejé, ni en los lugares que antes sentía conocidos.

Al despertar, el simple acto de abrir los ojos me parecía una obligación, una presión que venía del exterior.

Como si la mente estuviera atrapada en una maraña de certezas que ya no tenía claro si valía la pena seguir sosteniendo.

El sonido del reloj en la pared.

Cada tic, cada tac, me resultaba agobiante, como un recordatorio constante de que el tiempo había avanzado y que con él, también debía hacerlo yo.

Pero ¿hacia dónde?

En los días posteriores, empecé a notar detalles que antes habían escapado a mi atención.

La esquina del cuadro que siempre miraba sin ver, las grietas en la pared que mi mente había ignorado, el leve tintineo de los vidrios en la ventana cuando el viento soplaba con fuerza.

¿Por qué nunca me había detenido antes a observarlos?

¿Y por qué esa sensación de desajuste, de no encontrarme en el lugar que siempre había considerado seguro?

Ya era el día de regresar a la consulta.

No sabía si lo que buscaba era una respuesta o simplemente el deseo de encontrar un refugio en sus palabras.

Algo en su consulta me había dado la sensación de que, al menos allí, mis pensamientos y dudas no eran ajenos.

La puerta del consultorio, al igual que la primera vez, se abrió con suavidad.

Allí estaba él, esperándome, sin que yo dijera palabra.

—¿De nuevo pensando en la tapa blanca? —preguntó con una ligera sonrisa.

—Sí, de nuevo, bueno no exactamente —respondí, sin saber muy bien qué más decir.

Me senté frente a él, pero ya no era el mismo lugar, ni el mismo espacio, ni siquiera la misma sensación.

Todo parecía estar distorsionado, como si una nube invisible estuviera cubriendo mis pensamientos y al mismo tiempo, como si una verdad que antes estaba oculta me estuviera mirando fijamente.

Pero no sabía qué hacer con ella.

No sabía si quería verla.

El psicoanalista me observó en silencio, su mirada penetrante, como si esperara que yo lo dijera primero, que le diera el pie para hablar.

Después de unos minutos, comenzó.

—La realidad tiene muchas caras.

Y cada uno de nosotros, desde su perspectiva, ve solo una de ellas. —

Sus palabras caían sobre mí como una lluvia suave y continua,

Impregnando mi mente de una extraña quietud.

—Lo que nosotros creemos que es cierto, no siempre es así.

—A veces, como te mostré con el libro, lo que parece ser evidente no lo es y lo que ignoramos, finalmente puede ser lo más importante.

—Pero, ¿cómo llegamos a saber qué es lo que realmente está frente a nosotros? —

Pregunté, con una mezcla de frustración y curiosidad.

Él no respondió de inmediato.

En lugar de eso, se levantó y fue hasta una de las estanterías.

Tomó un libro en sus manos, lo sostuvo en silencio por unos momentos y luego lo dejó sobre su escritorio, de tal manera que la tapa quedara visible para mí.

Era un libro grueso, con una encuadernación de cuero desgastado y una textura rugosa, pero no pude ver su título.

Algo en ese libro me incomodaba, aunque no sabía exactamente por qué.

—Toma este libro —dijo, indicándome que lo estudiara bien.

Lo observé con atención, pero no me sentí más cerca de una respuesta.

Era simplemente un libro, viejo y sencillo, con una tapa oscura.

Pero entonces, algo extraño sucedió.

A medida que lo miraba fijamente, comencé a ver detalles que no había notado al principio.

Las esquinas del libro parecían moverse ligeramente, como si las sombras sobre ellas cambiaran con cada parpadeo.

La tapa no estaba completamente recta, y el cuero se arrugaba de una manera peculiar, como si fuera una superficie viva que respirara.

—¿Qué ves? —me preguntó, como si quisiera que dijera algo que yo mismo aún no sabía.

Me sentí atrapado, como si la respuesta no estuviera en el libro mismo, sino en mi capacidad para interpretarlo.

Y, sin embargo, todo lo que podía decir era:

—Veo… un libro. Pero también veo algo más, algo que no puedo describir con palabras.

El psicoanalista asintió, como si ya lo hubiera anticipado.

Luego se acercó al libro, lo abrió con delicadeza y mostró la primera página.

La tinta, aún fresca, brillaba levemente bajo la luz de la lámpara que había sobre el escritorio.

—A veces, lo que vemos no está en lo que se encuentra frente a nosotros, sino en lo que proyectamos sobre él.

—El libro está lleno de palabras, pero no son las palabras las que importan.

—Lo importante es cómo las entendemos, cómo las leemos.

—Y en este caso, cómo las vemos.

Mis ojos recorrían las letras pero no las distinguía .

La idea de que las palabras podían tener significados diferentes me perturbó.

La certeza que antes parecía tan sólida, ahora se desmoronaba como un castillo de arena.

—Es como si lo que vemos, en realidad no estuviera en el objeto, sino en nuestra interpretación. —dije, lentamente, mientras las palabras se formaban en mi mente.

El psicoanalista sonrió con leveza, como si esperara esa conclusión.

Pero en su sonrisa había una sombra de tristeza, algo que no podía descifrar.

Y al mismo tiempo, sentí que mi propio pensamiento había dado un paso hacia algo más profundo, algo que no podía entender completamente.

—¿Y si la certeza que buscamos no es más que una ilusión? —pregunté, casi sin querer hacerlo.

Era una pregunta que se había estado formando en mi mente durante toda la conversación.

—Quizás. —respondió, su voz suave pero llena de peso. ——
—Quizás lo que buscamos no es certeza, sino comprensión.
—La certeza es rígida, estática, mientras que la comprensión fluye, cambia, se adapta.
—No se trata de estar seguro, sino de ser capaz de mirar lo que está frente a vos sin miedo a que tu visión de la realidad se vea trastocada.
Me pareció comprender lo que me quería decir.
La verdadera libertad no consistía en aferrarse a una certeza absoluta, sino en aceptar la multiplicidad de posibilidades, en entender que nuestra visión del mundo no es la única, ni la definitiva.
El libro, con su tapa que se deslizaba entre sombras y luces, se convirtió en un símbolo de esa verdad.
La realidad a veces es maleable, y nuestra mente, si aprendemos a observar con calma, es capaz de entenderla en toda su complejidad.
Salí del consultorio una vez más, pero esta vez, no sentí esa presión que me acompañaba días anteriores.
Por el contrario, sentí un espacio vacío, un campo de posibilidades abiertas.
Todo a mí alrededor, desde las calles hasta los edificios y la gente que me rodeaba, parecían estar esperando una nueva mirada, una mirada que no juzgara apresuradamente, que no se aferrara a certezas.
Era como si por fin, entendiera que la verdad no se encuentra en las respuestas definitivas, sino en las preguntas, en las dudas, en la capacidad de cuestionar sin miedo a la incertidumbre.
Cada paso que daba, me parecía un eco de esa reflexión.
Y de alguna manera, el mundo parecía ahora más grande, más complejo y, sobre todo, más lleno de significado.
A medida que caminaba, no pude evitar pensar en la extraña sensación de que el tiempo también se había modificado.

Las horas ya no seguían su curso con la precisión de siempre.

Ahora, parecía que el tiempo era algo maleable, que dependía del estado en que me encontraba, del modo en que percibía los acontecimientos.

Algunas veces, al mirar al cielo, me parecía que el día nunca llegaba a su fin, que el sol se mantenía suspendido en un punto inalcanzable.

Otras veces, las horas parecían fugaces, como si un segundo se desvaneciera en el vacío sin dejar rastro.

Llegué a una librería, una pequeña tienda escondida en una calle tranquila apenas iluminada por la luz de la tarde que se filtraba a través de las ventanas.

El interior del lugar estaba repleto de libros apilados, de historias esperando ser comprendidas, de páginas esperando ser leídas.

Algo en ese lugar me atrajo, como si me estuviera invitando a buscar algo, algo que no podía entender aún.

Al entrar, el dueño de la librería me observó con una mirada que no era curiosa, sino más bien expectante, como si me estuviera esperando.

No dijo nada, solo asintió levemente con la cabeza y volvió a sus quehaceres, ordenando unos libros en el estante cercano.

Me acerqué a una mesa donde había una pila de volúmenes, algunos cubiertos con polvo, otros con las tapas gastadas por el uso constante.

Los libros parecían respirar, como si pudieran hablar si alguien los escuchara con atención.

Tomé uno de ellos al azar, sin saber exactamente qué buscaba.

La tapa era gris, desgastada, con letras doradas que ya no eran legibles.

Al abrirlo, el olor a papel envejecido y tinta me envolvió, con una mezcla de familiaridad y misterio.

Comencé a hojear las páginas, pero al igual que con el libro del psicoanalista, no podía concentrarme en las palabras.

Algo me distraía, algo en el aire, algo en el espacio que no terminaba de entender.

Fue entonces cuando vi en la estantería frente a mí, un libro que me pareció familiar.

Era uno de esos libros de tapa dura que había visto muchas veces en la consulta del psicoanalista.

El mismo libro, lo reconocí por el lomo negro.

Mi corazón dio un vuelco.

Lo saque del estante de entre otros libros.

Al tomarlo en mis manos, con el mismo gesto involuntario que había tenido en la consulta, señalando la tapa como si estuviera frente a una certeza irrefutable.

Pero al sacarlo, me di cuenta de que algo había cambiado: sobre la tapa negra, ahora descansaba una hoja blanca.

Tal y como sucedió esa tarde.

Sin poder evitarlo, tomé la hoja, la deslicé de la tapa y la miré detenidamente.

Era una hoja blanca, sin marcas, sin huellas, sin ninguna señal que la diferenciara de cualquier otra.

 Sin embargo, algo en mi mente comenzó a dar vueltas, un ciclo de pensamientos que no podía detener.

La hoja blanca me parecía, de alguna manera, la clave de todo.

La clave de la confusión, de la contradicción, de las certezas erróneas.

¿Qué estoy buscando? me pregunté. ¿Qué es lo que quiero encontrar realmente?

Me quedé allí, parado frente a la estantería, mirando la hoja blanca, sintiendo que en alguna parte de mí, una verdad inalcanzable se acercaba.

Pero cada vez que intentaba alcanzarla, se desvanecía como un sueño a punto de ser olvidado.

El dueño de la librería, que me había observado en silencio, se acercó en ese momento.

Su rostro no mostraba sorpresa, sino una serena comprensión, como si él también conociera la naturaleza de mi búsqueda.

En sus ojos había algo inquietante, como si supiera exactamente lo que pasaba por mi mente.

—El libro que tenes en las manos—dijo, con voz baja y pausada.

—No es un libro cualquiera.

—Es un libro que existe más allá de las palabras, más allá de las ideas.

—Cada persona que lo lee ve algo distinto en él.

—Pero nunca lo entenderá completamente.

Lo miré, con la sensación de que sus palabras tenían un peso mucho mayor de lo que él parecía sugerir.

Dejé el libro sobre la mesa, y sin decir una palabra más, me dirigí hacia la salida de la librería.

Sin embargo, antes de cruzar la puerta, me detuve y volví a mirarlo.

—¿Cómo sabía usted lo que veía en el libro? —pregunté, aunque no estaba seguro de querer la respuesta.

El hombre sonrió, pero no respondió.

Solo inclinó la cabeza levemente, como si ya no importara el hecho de que yo no comprendiera.

Tal vez no había nada que comprender.

Al salir, la sensación de extrañeza me envolvió de nuevo.

Como si el mundo siguiera siendo el mismo, pero al mismo tiempo estuviera transformado.

Lo que me rodeaba parecía estar más vivo que nunca, más lleno de capas de significados que yo no podía desentrañar por completo.

Lo que había comenzado como una simple consulta, un pequeño error con un libro, se había convertido en algo mucho más grande, más complejo, más inquietante.

Mi manera de percibir las cosas, ahora se había convertido en una pregunta abierta, en una serie de posibilidades que se expandían sin cesar.

Y fue en ese momento, al recordar la "tapa blanca", cuando entendí, con una claridad que antes me había eludido, que lo importante no era saber qué estaba frente a mí.

Lo importante era saber qué estaba dispuesto a ver, qué significados estaba dispuesto a construir.

La verdad no era algo que se encontraba en los objetos, en las palabras, ni siquiera en las ideas.

La verdad estaba en la mirada.

Y esa mirada, como el libro y su tapa blanca, siempre podría ser distinta, dependiendo de cómo decidiera mirar.

Crónicas de una Navidad (Casi) en Paz (y un Año Nuevo en Guerra)

Cuando los historiadores del futuro analicen las grandes batallas de la humanidad, repasarán con asombro Waterloo, Stalingrad, la batalla de San Lorenzo y por supuesto, la discusión sobre qué adornos poner en el árbol de Navidad de mi familia.

El problema comenzó, como siempre, con una muy inocente sugerencia.

Mi madre, defensora de las tradiciones—es muy estructurada pero nadie se lo quiere decir—, propuso las mismas bolas de colores que usábamos desde tiempos inmemoriales, las cuales con cada año que pasa, adquieren un tono más opaco y deprimente—aunque ella por lo bajo dice que "están casi nuevas"—.

Mi tía Luisa , que en algún momento de su vida se convenció de que era experta decoradora de interiores, insistió en una estética "minimalista" que básicamente consistía en un árbol de navidad desnudo y una sola estrella en la punta que, por supuesto, costaba el sueldo de un mes.

Mientras tanto, mi primo Carlitos que tomó alguna vez un curso online de feng shui, aseguraba que, si las esferas no estaban en perfecta simetría y coordinación con el horizonte, atraeríamos malas energías para todo el año y un déficit fiscal mundial.

Dos horas y un pequeño exilio familiar después, el árbol quedó más o menos decorado y todos creímos que la paz había regresado a nuestra familia.

Pobres ilusos.

El verdadero campo de batalla aún estaba por desplegarse:

La cena de Nochebuena

Mi abuela, que sigue cocinando como si esperáramos una guerra nuclear y necesitáramos reservas para llevar al refugio antibombas, decretó que este año el plato principal sería ravioles caseros con estofado, plato de comida ideal para comer con 32 grados a la sombra.

Pero mi cuñado, colombiano por geografía pero militante soviético por estómago, exigió obviamente ensalada rusa.

A partir de ahí, la cena se transformó en una mesa de negociaciones digna de las Naciones Unidas.

Hubo discursos apasionados sobre la nobleza de la mayonesa casera, argumentos filosóficos sobre el matambre casero por su simbología en forma de espiral y un momento de debate político particularmente tenso cuando mi tía rebeca reveló que en su casa nunca habían comido vitel toné porque "eso es comida de ricos"

Cuando el conflicto socio-político alcanzó su punto álgido, mi primo Alberto propuso un referéndum vinculante.

Se contaron votos, se auditaron luego por sospechas de fraude y como resultado, la mesa terminó con un equilibrio diplomático.

Se sirvió todo.

Nadie ganó, nadie perdió, pero todos sufrieron.

La Gran Asamblea de Fin de Año

Superada la Navidad, el siguiente desafío era aún más temible: la planificación de la fiesta de Año Nuevo.

Si la Navidad es una guerra relámpago, el Año Nuevo es una batalla de trincheras.

No se ustedes, pero en mi familia se realiza una reunión previa al festejo de fin de año, donde también se come, para organizar la cena de fin de año.

Es decir, una cena para organizar una cena.

Si, ya sé que suena desquiciado y lo es.

Todo comienza con la discusión sobre dónde hacer la fiesta.

Este año toca en lo de mamá, dice mi madre, con la seguridad de un general que acaba de dar la orden de ataque.

No, el año pasado ya fue ahí, ahora toca en lo de tía Marta, retruca mi prima Laura, quien opina mucho, por supuesto pero jamás ha lavado un plato en su vida.

Yo opino que vayamos a un restaurante y nos ahorramos el lío, sugerí yo inocentemente —mi abuela y mis tías me tiraron con artillería pesada y mi mamá me fulminó con su mirada de rayos láser —, porque no aprendo nada de la vida.

Aquí la familia se divide en dos facciones: los que quieren hacer la fiesta en casa y los que quieren evitar cocinar y limpiar.

En medio de la discusión, aparece el clásico tío con unas cuantas copas encima, que cada año propone "festejar en la playa", a pesar de que nadie lo ha apoyado nunca jamás.

Después de dos horas de debate y deliberaciones, se llega a la decisión más obvia:

Hacerla en lo de mamá, pero que todos ayuden.

Nadie al final va a ayudar, por supuesto.

La Cena de Fin de Año: La Caída del Imperio

El 31 de diciembre a las 20:00 la casa de mi madre parece un cuartel en estado de emergencia.

Hay tres ollas hirviendo al mismo tiempo, la heladera está llena a reventar hasta niveles ilegales y el horno emite un sonido extraño, como si estuviera considerando renunciar.

El menú es un collage de sobras navideñas, platos nuevos y experimentos culinarios de dudosa combinación.

Mi tía clara insiste en hacer sushi casero, aunque lo más cerca que estuvo de la cultura Japonesa, fue cuando vio la película "Karate Kid".

Mi primo Néstor trae un costillar asado —porque en casa tengo parrilla ,dice—, pero se le quemó una parte y lo cubrió de salsa criolla para que no se note.

Por su parte, mi abuela aparece con una gigantesca fuente de vitel toné porque dice "le dio miedo que no alcanzara la comida".

Cuando finalmente logramos sentarnos a la mesa, descubrimos que falta el pan, el hielo y la paciencia.

Se asignan entonces misiones de último minuto para conseguir estos ansiados elementos un 31 de diciembre por la noche.

Siempre hay un voluntario que se ofrece para ir al kiosco, porque prefiere dar veinte vueltas por el barrio en busca de algún lugar abierto y enfrentarse a una fila de 40 minutos de espera, que escuchar otra conversación sobre política.

Después de la cena, llega el momento de la cuenta regresiva.

Algunos con los cinturones aflojados luego de la comilona, los chicos corriendo por las paredes, hartos de tener que aguantar tanta charla de viejos y no poder ir a jugar a la play o mirar videos de YouTube.

Y no falta alguna vieja que tomo bastante vino y sidra, sin recordar que antes de la cena había tomado los ansiolíticos que le recetó el psiquiatra, así que suelta frases rarísimas.

Ya que se está mandando un "viaje" más sideral que muchas estrellas del Rock.

Como siempre, hay un televisor o una radio con el volumen demasiado alto para esperar la señal de las 12 de la noche.

Aunque nunca falta el primo acelerado que como siempre apurado, grita "¡Feliz Año!" con 15 segundos de anticipación y un abuelo que se queda dormido antes de los fuegos artificiales.

La Tercera Guerra Mundial: Las Vacaciones

Porque ahora no tanto, pero hubo una época en la que todos íbamos también en familia de vacaciones.

Aquí las facciones familiares estaban bien definidas:

Los que quieren playa y sol:

Esos seres optimistas con alma de lagartos, en una vida anterior que creen que estar sentados o tirados en una lona o toalla bajo el rayo mortal del mediodía a 40 grados de temperatura es una experiencia placentera y no una tortura medieval.

Los que prefieren montaña y aire fresco:

Gente amante de la vida sana y del culto a la buena salud —salvo cuando fuman un porrito al costado del camino ,porque es natural—que insiste en caminar seis horas atravesando bosques y subiendo por caminos de montaña para llegar agotados a un mirador y descubrir que la vista es efectivamente, hacia un montón de árboles iguales a los que había abajo y se podían ver cómodamente sentados en mullidos sillones, tomando un cafecito en el bar en la base del cerro.

Los que no quieren ir a ningún lado:

Al menos, no en grupo familiar.

Básicamente yo, que sostengo que la mejor forma de vacacionar es leyendo un buen libro, escuchando la música que me gusta y viendo documentales sobre lugares maravillosos a los que nunca voy a ir.

Tras otra asamblea familiar —que incluyó un PowerPoint, tres amagues de renuncia al grupo de WhatsApp y un audio de cinco minutos de mi madre diciendo que "de chicos no éramos así"—, se resolvió que el destino sería la playa.

No porque fuera la mejor opción, sino porque era la que requería menos debate y por qué no decirlo, tenemos una casita familiar y nadie quiere pagar alquiler.

Así que allí estábamos, en la arena protagonizando la versión playera de una película de guerra.

Por un lado, mi tío lucho defendiendo su territorio con sombrilla y reposera como si fuera la última frontera de la civilización.

Por otro, mis sobrinos peleando con baldes y palitas por el control de la orilla, mientras construyen castillos y fuertes que las olas insisten en destruir.

Una cantidad indeterminadas de tías sentadas en reposeras formando un semicírculo al mejor estilo tribunal indio, criticando a las chicas jóvenes que pasaban en bikini.

Mientras tanto, yo, en mi rol de espectador pasivo, contemplaba el caos con una cerveza tibia casi caliente en una mano y un sándwich de milanesa fría en la otra.

Con la certeza de que, pase lo que pase, en diciembre del año siguiente estaríamos haciendo todo esto otra vez.

Porque la familia es así:

Una tradición absurda e indestructible, como el vitel toné, la ensalada rusa y el eterno dilema de dónde ir de vacaciones.

Y lo peor es que, aunque me queje, en el fondo... me encanta.

El último acorde de la noche

El jazz, suave y penetrante, flotaba como una niebla delicada en el aire.

Envolviendo cada rincón del bar, cada rostro en las sombras.

Las notas parecían bailar entre la colección de viejos relojes rotos exhibidos en las paredes y las mesas de madera oscura envejecida.

Como si el tiempo en su indolencia, hubiera decidido abandonar el lugar por completo.

La luz tímida y quebrada, no osaba entrar en aquella zona del mundo, donde la penumbra y la música eran casi una plegaria de ritual pagano.

Esa era el tipo de noche que solo se encuentra en las ciudades que fluyen como hervidero durante el día y que cuentan con personajes especiales que viven cuando el sol se oculta y la urbe duerme.

La noche que nadie ve.

Porque la han desdeñado, perdida entre las memorias borrosas de aquellos pocos que se atreven a entrar en este refugio secreto.

Donde el pasado y el presente se mezclan enamorados, como dos volutas azuladas de humo de cigarrillos.

Allí, en la penumbra de un recodo del viejo local, apartado e iluminado muy tenuemente, como una refulgente presencia, estaba ella.

Con sus dedos etéreos, casi invisibles surcando las teclas, tocaba un piano de caoba tan negro, que nadie veía pero que todos escuchaban haciéndolos vibrar.

El sonido era tan suave que podría haber sido el susurro de la propia noche.

Melodías Tan delicadas que parecían disolverse en el aire.

Tanto que hasta Bill Evans habría disfrutado, dejando una sensación de vacío que era a la vez un consuelo y una condena.

Ella parecía estar viviendo una ensoñación, mientras las teclas eran acariciadas con una languidez especial y con la misma lentitud con la que el tiempo se deslizaba a través del polvo que cubría los viejos retratos que también colgaban de las paredes.

El trompetista apareció de la nada, como surge la madrugada luego de una noche turbulenta en una ciudad que se niega a amanecer.

No tenía rostro, ni nombre.

Solo un vaso de whisky en la mano que apoyó delicadamente cerca del atril.

Poseedor de una disposición serena, como si todo el peso del mundo hubiera caído sobre él, pero de manera ligera, casi con una sonrisa.

La trompeta, tan suave como la voz de un sueño, comenzó a unirse a la melodía del piano.

La sala, densa y húmeda, parecía encogerse a su alrededor, como si el espacio mismo supiera que algo trascendente estaba por suceder.

Un silencio profundo de los habitúes, descendió sobre el lugar, uno de esos silencios en los que incluso el aire deja de respirar, para escuchar la maravillosa música y solo el leve sonido de una cucharita revolviendo un café en una taza blanca se atrevió a romperlo.

Era el tipo de silencio que había visto otras veces, en otros lugares, en las huellas de algún deseo olvidado.

Y en medio de todo eso, entre el humo y la penumbra, el saxo apareció.

Su sonido de tenor era grave, tan intenso y profundo como la niebla de una madrugada sin descubrir y las notas se introdujeron en el espacio, simulando un viejo recuerdo, casi un fantasma de una historia por contar, que se arrastra suavemente, casi sin ser visto, por los rincones más oscuros de la memoria.

El bar, tan viejo como la ciudad misma, parecía haber nacido de la necesidad de un olvido.

De esos bares que parecen existir solo en los márgenes de la conciencia, en el cruce entre el sueño y la vigilia.

Un lugar donde la realidad y la fantasía se mezclan hasta volverse indistinguibles y donde solo el sonido de la música tiene poder de conceder una tregua a las almas cansadas que allí acuden.

El trompetista, perdido en su mundo, permitía que las notas se deslizasen y bailaran sin prisa, como si supiera que no había un destino final al que llegar, solo un recorrido que disfrutar.

No había prisa.

El piano continuó brindando su esplendor con la misma indolencia, como si hubiesen decidido ser una extensión del aire que los rodeaba.

Y el saxo... el saxo era el eco de algo ancestral, que posiblemente nunca existió, pero que todos intuían que había estado allí.

La luz del exterior hacía su juego, filtrándose por las ventanas ajadas por los años de soledad

Parecía ser parte de la misma música, como si cada haz de luna fuera una nota que se derrumbaba sobre ellos.

Un mozo cansado, se acercó a la puerta para intentar que su mirada se conectase con las calles y se puso a observar.

El cielo, un lienzo de azul profundo, se desmoronaba suavemente sobre la ciudad mientras las nubes, dispersas y solitarias, vagaban por el horizonte, tan perdidas como los pensamientos de aquellos que se refugiaban allí.

Era la clase de noche en la que todo se vuelve etéreo, tan cerca y tan lejano al mismo tiempo.

El bar, ya por completo sumido en la cadencia musical y la melancolía que acompaña al alcohol, era como un vestigio de momentos pasados.

Una cápsula atrapada entre la nostalgia y la decadencia.

El piso de madera que cubría el suelo crujía con el peso de cada pisada, mientras las paredes, saturadas de imágenes fotográficas que relataban historias vividas, parecían guardar secretos que se perdían entre las rendijas de la infinitud.

Las lámparas colgantes, con sus bombillas de luz cálida y tenue, luchaban por iluminar el espacio de una manera que nunca lograba vencer completamente a la oscuridad, como si quisieran mantener la atmósfera intacta, envuelta en ese halo de misterio.

En una esquina, cerca de la barra, una estantería de madera vieja estaba repleta de botellas que, a lo largo de los años, se habían ido acumulando transformadas en recuerdos de clientes ya olvidados.

Cada una de esas botellas, con etiquetas desgastadas, de la que habían bebido otros personajes, parecían tener una historia propia que relatar.

Las copas, con sus cristales marcados por el paso del tiempo, descansaban en una bandeja plateada que parecía haber visto mejores días.

Los viejos relojes rotos que colgaban de las paredes ahora marcaban horas que no existían y sumaban al ambiente de desconcierto temporal, como si la temporalidad en ese lugar fuera un concepto ajeno.

Parecía muy claro que todos los que habitaban ese bar en ese instante y los que solo lo recordaban, comprendían lo mismo.

Que la música, con su poder de transformar recuerdos olvidados, de entrelazar el pasado y el presente.

Es el único respiro ante el dolor y la eternidad cuando nos acecha.

Un fugaz instante de placer que nos hace creer en la eternidad

Una figura misteriosa circulaba por la calle que en esos momentos estaba tan silenciosa y vacía, parecía un espejo de la ciudad dormida.

Las luces demasiado amarillentas de los faroles como estrellas perdidas en una noche eterna, iluminaban al hombre.

El aire, impregnado con un frío húmedo, parecía susurrar entre los adoquines mojados de la acera, mientras las sombras de los edificios se alargaban en un juego de contrastes, como si la ciudad estuviera esperando algo que nunca llegaría.

Mientras caminaba solo, lo observaba todo.

Automóviles con su motor apagado, yacían estacionados como recuerdos metálicos de un ajetreado día y aguardando un amanecer que nunca quería llegar.

En la esquina opuesta del bar, la puerta rechinó levemente cuando ese hombre ingresó.

Era alto, de rostro áspero y mirada pérdida, como si la misma ciudad y la soledad que se leía en su mirada, lo hubiera engullido lentamente.

No llevaba más que un abrigo de lana gris, bastante usado y unos zapatos de cuero negro que parecían haber caminado por todas las veredas del mundo.

Se sentó en una de las mesas más cercana a una de las ventanas, donde la luz tenue del farol de la calle se reflejaba en su rostro, proyectando sombras que jugaban con sus facciones.

El mozo, un hombre de rostro severo y barba tupida, lo observó por un momento acodado desde la barra.

Era un tipo que nunca decía una palabra de más, cuya presencia imponía un respeto silencioso.

Se acercó a la mesa del recién llegado.

Movió una copa hacia el cliente, servida con un whisky sin hielo, sin que ninguna palabra fuera necesaria.

A lo lejos, en ese momento el bajo murmullo de conversaciones se mezclaba con los acordes del piano, de la trompeta y del saxo.

Los músicos, tan integrados a la atmósfera que parecían parte de ella, continuaban tocando, su música casi una extensión del alma del bar.

El trompetista, un hombre de complexión robusta y rostro impasible, parecía haberse fundido con la melodía misma.

Sus ojos, cubiertos por unas gafas oscuras, no mostraban emoción alguna, como si hubiera estado tocando esa misma canción durante siglos.

El saxo tenor, por otro lado, pertenecía a un joven flaco, de cabello rizado y desordenado.

Sus dedos danzaban sobre las llaves del instrumento con tal destreza que, en ciertos momentos, parecía que el viento mismo tomaba forma humana para lamentar sus penas.

Mientras que el piano, en el rincón apartado donde se advertía la figura de la pianista tocando, ese piano que era un instrumento antiguo, con teclas amarillentas y un sonido perfecto.

Como si la misma madera que lo componía estuviera compuesta en parte de tanta música que había sonado.

La mujer, de rostro pálido y melena dorada, se mantenía en una calma casi sobrenatural.

Su mirada era profunda, como si estuviera observando algo que no estaba allí, algo que pertenecía a otro mundo.

Cada nota que tocaba acarreaba tanto dolor que parecía decir más de lo que cualquier palabra podría expresar.

En una de las mesas cercanas, un grupo de tres hombres discutía en voz baja.

Sus rostros, marcados por el paso del tiempo y el desgaste de una vida que no había sido amable con ellos, reflejaban la misma quietud de la ciudad.

Ellos no miraban al escenario ni a los músicos; su conversación giraba en torno a recuerdos, a fugaces destellos de una vida que ya no les pertenecía.

De vez en cuando, uno de ellos levantaba la mano para pedir una botella más de whisky.

Los tres compartían una complicidad de vidas desperdiciadas, como si todos, al igual que el bar, estuvieran atrapados en el deseo de un futuro que nunca llegaría a ser.

La atmósfera era tan intensa que el tiempo se volvía maleable.

Unas horas allí, podían transcurrir en un instante y un suspiro podía estirarse hasta volverse eterno.

Afuera, el clima se tornaba aún más sombrío.

La luna ahora apenas visible entre las nubes, parecía una cicatriz en el cielo.

El rocío de la madrugada, como una amante celosa, comenzó a deslizarse por las calles desiertas, envolviendo la ciudad en un manto de brillosa humedad y misterio.

El aire estaba impregnado con el aroma de tierra mojada y el leve perfume del jazmín en las copas de unos pocos árboles , creaban una sensación de nostalgia imposible de nombrar.

Los músicos a través de las miradas cómplices, parecían saberse uno al otro, compartiendo un lenguaje que trascendía las notas y los acordes.

La trompeta, como una voz distante, se fundía con el susurro del piano, mientras el saxo se alzaba más potente, cantaba con su sonido un viejo standard de jazz.

A medida que la noche había avanzado, el bar se había ido llenando lentamente, aunque sin prisas.

Los rostros de los nuevos clientes eran como personajes secundarios de un lienzo del medioevo, se desvanecían y reaparecían sin importancia, como si su presencia aquí no fuera más que una interrupción momentánea en la eternidad de la música.

El camarero, de mirada fija y gesto impasible, sirvió una bebida más.

Su voz, cuando finalmente habló, era baja y rasposa, como si su alma estuviera tan cansada como su cuerpo.

—No se puede escapar— murmuró, más para sí mismo que para cualquier otro.

—El tiempo se detiene aquí. No hay un amanecer para este bar.—

La última melodía comenzó a resonar en el aire.

La música se dejó caer como una manta invisible que abrigara a la ciudad, un último suspiro antes del final.

Afuera, la niebla cubría las calles en un abrazo silencioso.

La ciudad, como un ente dormido, permaneció muda.

Y en el bar, el jazz que lentamente se iba apagando, envolvió a todos en su hechizo.

Porque en ese rincón olvidado del mundo, donde lo terrenal no tenía cabida, las noches de la existencia siempre oscuras, seguían siendo el último refugio de las almas errantes je decidían refugiarse allí.

Y así, mientras la melodía se disolvía en el aire de ese bar.

La ciudad, un paso más cerca de su despertar, soltó un suspiro interminable, donde solo la música con el último acorde de la noche y las sombras que la habitaban a esa hora, sabían qué secretos guardaba en su interior.

Deseo lo que no tiene

La tienda no era grande, pero sus estanterías rebosaban de productos.

Con el polvo del tiempo y el eco de la indiferencia marcando presencia.

Las luces brillantes de los reflectores en su vidriera iluminaban los productos de tal manera que parecían ofrecerse al compás de los pensamientos de los que pasaban por allí y la observaban dejándose tentar por algún artículo u oferta y dentro del local, el aire impregnado de una fragancia indefinible se suspendía en cada rincón, como si la tienda misma fuera consciente de su antigüedad.

El vendedor, un hombre de rostro amable y expresivo, había trabajado allí durante tantas décadas que algunas mañanas se preguntaba si en realidad, alguna vez había vivido fuera de esas cuatro paredes.

Su nombre, probablemente olvidado por la mayoría, era Manuel, y sus clientes lo conocían solo por el título que se había ganado a fuerza de años de rutina y preguntaban por el de esta manera tan clásica "El dueño del negocio".

Aquella mañana como tantas otras, la campanilla que había colocado en la puerta por si estaba distraído, sonó anunciando la llegada de un cliente.

Era una mujer que entró con pasos firmes y una mirada que recorría el local con una serenidad desconcertante.

No era una mujer anciana, pero se la podría definir diciendo que tenía años recorriendo las vidrieras de la ciudad de Buenos Aires.

Manuel como siempre que llegaba un potencial cliente, se acercó al mostrador intentando ser servicial.

La mujer caminó hacia el sin apresurarse, escudriñando mientras tanto al pasar todas las estanterías, como si estuviera esperando a que el espacio se abriera a su presencia.

Cuando se detuvo frente a él, algo extraño alertó a Manuel.

La mirada que la señora le dedicó, parecía estar atravesándolo.

Buscando algo que se encontraba más allá de las mercancías que llenaban el local.

—Buenos días ¿Cómo le va? ¿Que anda buscando?—

Saludó Manuel, con la amabilidad que lo caracterizaba siempre.

Ya estaba acostumbrado a que sus clientes no compartieran mucho más que una cortesía mínima, que en ciertas ocasiones disminuía a ninguna.

—Buenos días —dijo ella, sin ningún tono de cortesía.

Su voz no era fría, pero sí muy distante.

Hablaba desde un lugar mucho más allá que ese instante.

Como si el ser humano que se encontraba parado frente a ella para la, tuviera la misma importancia que una mota de polvo en el viento.

El diálogo en su tienda no se desarrollaba por lo general, más que como una charla banal.

Eso, Manuel lo sabía.

—Tengo una consulta —continuó ella, como si acabara de recordar algo importante—

—Sí, dígame. ¿Qué necesita?

— ¿En qué puedo servirle?

—Quiero algo que usted no tiene.

Respondió la clienta.

Manuel frunció el ceño y entrecerró los ojos, tratando de comprender.

Había escuchado mal, sin duda.

Nadie venía a su negocio pidiendo lo que no existía allí.

—Perdón, no entiendo bien —dijo Manuel, bajando ligeramente la mirada.

El instante le parecía absurdamente largo, como si la mujer estuviera esperando que se le ocurriera una respuesta o una reacción más apropiada.

Ella no se alteró.

Solo repitió la frase, con una calma que le heló la sangre.

—Quiero algo que usted no tiene.

—Estoy buscando algo que no existe en su tienda, en su mundo, en ningún lugar donde usted haya puesto un pie.

El vendedor la observó detenidamente.

Sabía que ella no era una mujer común.

Había algo en su forma de hablar, en sus ojos, que sugería un deseo imposible de entender a simple vista.

No era la primera vez que alguien lo descolocaba con una afirmación extraña.

Él siempre contaba en rueda de amigos, que debería escribir un libro relatando todas las experiencias extrañas y algunas graciosas que había vivido.

Estando tantos años al frente de un local comercial.

Pero esta vez era diferente.

Había algo distinto, que no alcanzaba a dilucidar.

Sentía que la mujer no estaba bromeando.

Sin embargo...

—Lo siento, señora —dijo, tras un breve silencio—, pero no entiendo a qué se refiere.

Ella suspiró, como si no fuera la primera vez que tenía que explicar lo inexplicable.

Casi como si se tratara de un niño su interlocutor.

—Estoy buscando algo único, especial.

Algo que usted no tiene, ni tiene capacidad para tener, ni siquiera sabe que le falta a su comercio.

Es algo intangible, algo que no puede ser adquirido, pero a la vez es lo que define todo lo que usted no puede ofrecerme.

Manuel, totalmente desorientado, intento mantener la compostura.

La frase parecía un laberinto de contradicciones y abstracciones.

La mujer seguía mirando las estanterías sin verlas, como si su mirada penetrara más allá de ese espacio y él, aunque había vivido entre clientes y mercadería variada durante tanto tiempo, nunca había tenido que confrontar con algo tan, indescifrable.

—¿Algo único, especial ? —preguntó, ya sin saber si estaba hablando en serio o si la mujer lo estaba tomando por tonto.

—Exactamente —respondió ella—.

Pero no una mercancía común, ni algo que todo el mundo compra y que da pena cuando se pierde.

No.

Estoy buscando eso maravilloso que le da sentido a lo demás.

Ese objeto inalcanzable que se esconde detrás de todas las cosas, el que no es necesario nombrar, pero siempre se percibe.

Esa es la verdadera falta que usted no ve.

Manuel miró las estanterías, ahora sintiendo una extraña opresión en el pecho.

¿Qué podía ofrecerle a ella, un objeto que no perteneciera a la lógica del comercio?

¿Un vacío que no pudiera tocarse con los dedos?

La tienda estaba llena de cosas, de artículos que se acumulaban como un reflejo de la necesidad de la vida misma, como piezas perdidas de un rompecabezas.

De hecho, Manuel se jactaba de tener un negocio muy surtido y con una amplia gama de mercadería.

Pero aquello de lo que hablaba la mujer.

No, definitivamente no había nada que pudiera ofrecerle.

Y, sin embargo, estaba claro que esa ausencia era precisamente lo que la mujer buscaba.

Algo que no podía poseer, pero que le otorgaría todo el poder sobre aquello que ella misma no comprendía.

Finalmente, ante el silencio de la mujer ,que solo atinaba a recorrer el amplio local e inspeccionar estante por estante.

Manuel se dio cuenta que debería hablar él.

—Creo que no tengo lo que busca, señora —respondió Manuel finalmente—.

—Pero ahora tengo curiosidad.

—¿Me podría decir, por qué lo busca aquí?

—¿En esta tienda?

La mujer lo miró por un largo momento, como si evaluara la validez de la pregunta.

Sus ojos parecían antiguos, como si hubieran presenciado muchas más escenas de esa índole de las que él podría imaginar.

Finalmente, con una sonrisa socarrona casi imperceptible, dijo.

—Porque en las cosas que uno no puede obtener, reside la verdadera libertad.

—Usted tiene para venderme todo lo que puede vender, pero no puede ofrecerme lo que no tiene y eso señor, en este momento es lo único que me interesa y necesito.

Un silencio profundo se instaló entre los dos.

Manuel no pudo responder, ni sabía si debía.

La mujer, sin mirar atrás, se giró, dio un paso hacia la puerta.

En su rostro había una ligera expresión de satisfacción.

Como si algo, en algún lugar de su ser, se hubiera cumplido.

Al salir, la campanilla sonó.

Pero el eco de su presencia quedó flotando mucho rato en el aire, pesando sobre los estantes, sobre el mismo tiempo que parecía detenerse.

Manuel permaneció allí inmóvil durante unos minutos, sin comprender que le había sucedido.

Mientras, las horas pasaban y continuó atendiendo a los clientes que llegaban, la tienda seguía siendo la misma.

Pero por primera vez, un extraño vacío se extendió por todo su ser.

No era un vacío físico, como el que la mujer había mencionado.

No.

 Era algo más profundo, algo que no se podía medir ni definir. Solo estaba allí suspendido, tan tangible como el aire, tan inalcanzable como el olvido.

Un vacío que él nunca había sentido, pero que ahora sabía que existía.

Cuando ya cansado, cerró su local y caminaba por la avenida hacia su casa, no podía dejar de reflexionar.

Ya había atravesado varias calles y cruzado una avenida.

Llevaba media hora caminando y repentinamente algo vino a su mente.

Quizás, pensó.

En la búsqueda de lo que no se tiene, se encuentra lo que muchos buscan y, sin embargo, siempre estuvo allí.

La ausencia.

La Carta de amor de Etelvina

Hoy decidí escribir esta carta pública dirigida al mundo.

Porque a veces el alma necesita hablar, compartir, expresar los sentimientos que lleva dentro, aunque parezca una historia aparentemente trivial.

Pero la vida está llena de pequeños detalles que, si los miras bien, son los que realmente la definen.

Hoy quiero contarles sobre un amor tan importante, que ha sido la columna vertebral de mi existencia.

Un amor que, durante años, ha estado conmigo en las buenas, en las malas, y en las pésimas.

Desde el principio, el con su presencia me dio una sensación indescriptible de calma.

Cuando la casualidad de la vida hizo cruzar nuestros caminos, no sabía si era una simple coincidencia o si el destino, con su extraña forma de jugar, nos había reunido para algo más grande.

Era… perfecto para mí.

Siempre tan cercano, tan accesible, como si pudiera adivinar lo que necesitaba en cada momento, incluso antes de que lo supiera yo misma.

En los inviernos más fríos, él era el que me daba ese soplo de calor tan esencial, algo que no podía encontrar en ningún otro.

Y en los veranos más abrasadores, su frescura me envolvía, como si tuviera una capacidad inexplicable de adaptarse a todo.

Lo necesitaba siempre cerca, incluso cuando creía que podía hacerlo sola.

Y siempre estuvo ahí, sin dudarlo, sin rechistar, como un compañero fiel, dispuesto a todo.

Las noches más largas en fiestas importantes no habrían sido las mismas sin él.

Recuerdo aquellos viajes, aquellos días de descanso y tantos momentos fugaces, cuando él estaba allí, siempre a mi lado.

Nos fuimos juntos a lugares exóticos, a esos destinos que uno imagina en sus sueños más salvajes.

Desde la ciudad que nunca duerme, hasta las calles apretadas y misteriosas de Pequeños poblados europeos.

Esos lugares lejanos, donde todo parecía nuevo y extraño, pero su compañía siempre me brindaba esa ayuda casi silenciosa que solo los grandes amores pueden ofrecer.

Recuerdo que una vez, estando en Tokio, la tentación de traicionarlo estuvo presente.

Por otro que me pareció tentador, prometedor.

Fue el momento perfecto para ceder, para tomar una decisión impulsiva.

Pero, afortunadamente algo dentro de mí me hizo darme cuenta de que lo que tenía a mi lado no se merecía ser reemplazado por nada, no.

Por nada en el mundo.

Volví a él, a mi viejo compañero de aventuras, sin dudarlo.

El siguió comportándose como si hubiera estado esperando esa reflexión con paciencia infinita.

Tantas noches, tantos eventos, tantas reuniones sociales donde él siempre estaba allí, brindándome una seguridad inexplicable.

No era un amor visible para los demás.

Pero yo sabía que estaba allí, de una manera única siempre haciendo lo mejor para mí.

Cuántas veces me vi en el espejo, sintiéndome más segura, más hermosa, más viva, solo porque él estaba a mi lado.

Pero lamentablemente llegó ese día.

Ayer, para ser más exacta.

En mi mente, todo parecía como siempre.

En mi corazón, esperaba encontrarlo una vez más.

El reencuentro tras unos días sin verlo era como esos momentos de calma antes de la tormenta.

Pero algo en la atmósfera cambió.

Una mirada, un gesto que, en ese instante, supe que cambiaría todo.

Él lo examinó con ese aire solemne, casi dramático y me miró.

Con frialdad profesional, pero tan devastadora al mismo tiempo, me anunció.

Lo siento, pero ya no puedo hacer nada más .

Y ahí, en ese preciso momento, mis lágrimas comenzaron a brotar.

No porque fuera irremplazable, sino porque en mi mente, ese amor, esa conexión, ya era parte de mí.

Ese amor que me hizo sentir la persona más hermosa del mundo, aunque fuera solo por unos minutos cada mañana.

El dolor era tan grande porque sabía que no encontraría nada igual.

Otros no podrían entender mis necesidades, no podían darme esa sensación de seguridad, esa confianza, esa calidez.

Por eso les escribo hoy.

Para homenajear a ese amor que me ha acompañado a lo largo de los años.

A ese compañero incansable, que estuvo siempre allí, como un faro en medio de la tormenta.

Y aunque ahora, al mirar el futuro, me enfrento a la triste realidad de su pérdida, siempre lo recordaré

Por esa razón cuando el técnico me informó.

—Su viejo secador de pelo ya no tiene arreglo, tendrá que reemplazarlo por otro, lloré.

Los secadores de pelo modernos, con sus luces LED y su "modernidad", no podrán ofrecerme lo que él me dio.

Porque lo que parecía una simple herramienta para el cuidado personal, para mí, fue mucho más que eso.

Fue un compañero, un confidente, un amor que nunca esperarías encontrar en una tienda de electrodomésticos.

Con todo mi cariño y nostalgia,
    Etelvina Cabello de Rizo

El Testamento de Helmut

En una biblioteca perdida, entre el polvo y las telarañas de siglos, donde los libros no solo dormían, sino que también olvidaban quiénes los habían tocado y qué secretos albergaban.
Se encontraba un texto atribuido a un monje del siglo XII.
Un simple manuscrito, casi sin pretensiones, escrito con tinta desvanecida en un pergamino que crujía con cada movimiento, como si temiera ser roto.
El enunciado breve y desolador había inquietado a los eruditos durante generaciones.
En él se leía:

"No heredamos la tierra de nuestros antepasados, la tomamos prestada de nuestros hijos."

Una reflexión resonante, aguda, que producía el efecto de cortar el aire como una daga muy afilada.
¿Cómo podía un ser escribir semejante sentencia, en un mundo que se balancea en la creencia de que la tierra es del hombre por derecho divino, por conquista o por sangre?
Nadie, ni en las universidades más prestigiosas ni en los conventos más aislados donde confluían los eruditos, ninguno parecía tener una respuesta definitiva sobre el autor de esas palabras.
Había teorías al respecto, pero su nombre se había perdido entre las curvas del tiempo.
Al igual que las ciudades que había visitado y los mapas que había trazado.
Lo que se sabía de él es que había sido cartógrafo en su juventud.

Un hombre que, como tantos otros, había trazado los contornos del mundo conocido en la época y con cada línea que dibujaba, con cada frontera que delineaba, sentía un vacío creciente en su pecho.

Este hombre no era otro que el monje que, en su vejez, se sentó a escribir el testamento que cambiaría para siempre la manera en que percibimos la relación entre la humanidad y la tierra.

Muchos años después.

Luego de buscar y profundizar un historiador finalmente pudo dar con su identidad.

Era Helmut de Norr, pero ya pocos recordaban su existencia.

Cuando se hizo público, en los pasillos de las universidades se comenzó a susurrar que él fue el único cartógrafo de la era medieval, que comprendió que la cartografía no era una ciencia exacta, sino una ilusión compartida por los hombres.

Helmut había nacido en un pequeño pueblo en la región de Borgoña, donde los campos aún eran fértiles y el río Saona, predecible como un viejo amigo que serpenteaba sin prisa.

Pero la juventud de Helmut estuvo marcada por una duda existencial que no podía dejar atrás.

La tierra era un misterio para él.

No porque no la conociera, sino porque como todo ser curioso y ávido de conocimiento, sentía que jamás podría entenderla en su totalidad.

Al cumplir los veintidós y tras varios años de estudios en la universidad de París.

Fue contratado por el rey Renaud IV, de un reino que ya se desvaneció en los recuerdos, para realizar mapas.

La misión de Helmut era clara:

Trazar las fronteras del reino, establecer límites sobre los que los hombres pudieran erigir naciones, leyes y ejércitos.

Con la precisión de un matemático y el fervor de un joven que aún cree en la grandeza humana.

Helmut recorrió montañas, valles, ríos, playas y selvas, obsesionado por plasmar una visión exacta del mundo.

Pero contrariamente a medida que los años pasaban y su mente se sumergía más profundamente en las líneas y curvas de sus mapas, algo comenzaba a alterarse dentro de él.

Durante las largas noches en las que se detenía a comer y beber en alguna taberna o descansar en un monasterio en algún rincón apartado del mundo, Helmut se preguntaba qué significaban realmente las fronteras que trazaba.

Los mapas eran hermosos, meticulosos, llenos de detalles precisos que reflejaban la grandeza del imperio de su rey. Sin embargo, a medida que su trabajo avanzaba, una inquietud crecía dentro de él.

¿Acaso esas fronteras no eran más que fantasías?

Una serie de líneas dibujadas sobre el papel que no podían capturar la esencia verdadera del mundo.

En uno de sus viajes a un monasterio en los Alpes y tras atravesar territorios que ya no podían ser reconocidos por las fronteras de los mapas.

Helmut tuvo una conversación que marcó su pensamiento de manera profunda.

El abad del monasterio, un hombre de rostro arrugado y mirada penetrante, lo recibió con una sonrisa amable pero enigmática.

—Tú eres el cartógrafo —dijo el abad, señalando con su mano encallada los mapas extendidos sobre la mesa—.

—Si Abad, como usted bien sabe soy cartógrafo del Rey. Respondió Helmut.

—Permíteme entonces formularte una pregunta.

Dijo el Abad.

—Por supuesto, responderé con gusto.

Respondió Helmut.

—Tienes en tus manos la imagen del mundo.

Dijo el Abad y continuó

—Pero dime, ¿acaso el mapa es el mundo mismo?

Helmut frunció el ceño sorprendido con la intensidad de la pregunta.

—No —respondió, mirando el mapa de Europa que tenía ante él—.

El mapa no es más que una representación.

—Pero el mundo… el mundo está vivo.

—Cambia con cada paso que damos.

—Los ríos ya no siguen sus antiguos cauces y las ciudades son arrasadas por las guerras.

El abad sonrió lentamente, su mirada se suavizó.

—Entonces, ¿por qué trazas mapas?

—Si sabes que lo que dibujas es solo una sombra de lo que realmente será.

Helmut guardó silencio, sintiendo una extraña pesadez en el pecho.

El abad continuó, con una calma que solo los años le habían otorgado.

—Te voy a confiar mi teoría. Agregó el anciano abad y continuó.

—Porque el hombre necesita creer que controla lo incontrolable.

—Es una necesidad que no tiene remedio, joven cartógrafo. —Pero nunca olvides que la tierra es un ente que escapa al control humano.

—El hombre al final, no es más que un espectador de su propio destino.

—La tierra existe desde antes del nacimiento del hombre y seguirá estando allí, cuando el hombre ya no esté más.

Las palabras del abad resonaron en la mente de Helmut durante semanas, mientras viajaba de regreso al palacio del rey.

Las dudas lo atormentaban.

¿De verdad todos creían que podían poseer la tierra?

Cuando regresó a la corte del rey Renaud, encontró un ambiente completamente diferente.

El rey, como todos los monarcas, seguía creyendo que su imperio era eterno y que sus fronteras eran definitivas.

En su palacio, los mapas de Helmut destacaban colgados en las paredes, como símbolos de orgullo y poder.

—¡Helmut! —exclamó el rey al verlo entrar—.

—Tus mapas son magníficos.

—Ya no hay dudas gracias a tu gran labor ,que nuestra tierra es la más grandiosa de todas.

—¿Cómo te sientes al haber registrado nuestros dominios en todos sus detalles? Y que sirven para demostrar y afirmar delante del resto del mundo qué poseemos el más vasto territorio.

Dijo el rey.

Helmut se quedó en silencio.

Las palabras del abad resonaban en su cabeza.

—Mi señor —dijo finalmente, con voz firme pero serena.

— los mapas que he trazado son solo un reflejo de lo que pensamos que poseemos.

—Pero los ríos cambian, las montañas a veces se desmoronan y las ciudades caen bajo la erupción de volcanes o del ataque enemigo.

La tierra no pertenece a los hombres.

Nosotros solo la custodiamos.

El rey lo miró desconcertado y le preguntó.

—¿Qué dices, Helmut?

—¿Acaso el reino no es nuestro por derecho?

—¿No es la tierra una herencia que debemos preservar para nuestros hijos?

—Lo es —respondió Helmut, mirando al rey con la misma seriedad—.

—Pero solo porque la tomamos prestada de ellos.

—El verdadero dueño de la tierra es el tiempo.

El rey lo observó en silencio por un largo momento, antes de responder con un tono desconcertado.

—Tu sabiduría es profunda, pero un tanto… inquietante, Helmut.

—¿No deseas que tus mapas sirvan de guía para las generaciones venideras?

—Lo deseo, señor—dijo Helmut, levantando la vista hacia los mapas—.

—Pero no para que crean que controlan el futuro.

—Sino para que recuerden que, en realidad, el futuro los controlará a ellos.

La conversación con el rey dejó a Helmut más inquieto que nunca.

Cada vez más, sus viajes y sus encuentros con personas que vivían al margen del poder, como el abad en los Alpes, lo llevaron a la conclusión de que los mapas, las fronteras, las naciones, eran solo espejismos en la vasta tela de la historia.

La tierra no se podía poseer.

Era un ser vivo, indomable, que cambiaba constantemente.

La verdadera sabiduría residía en entender que solo estábamos de paso.

Al regresar a Borgoña, tras años de aventuras y pensamientos atormentados, Helmut se retiró a un monasterio apartado en las montañas.

En ese lugar, alejado del bullicio de la corte y de los imperios en guerra, se dedicó a escribir las reflexiones que habían nacido en su corazón.

 No eran solo palabras sobre mapas o fronteras; sus escritos eran una meditación profunda sobre la fugacidad del poder humano, sobre la tierra que se escurría entre los dedos, como el tiempo .

Lo que Helmut comprendió en esos años solitarios, fue que los hombres no solo éramos guardianes de la tierra, sino también de los sueños de aquellos que aún no han nacido.

Una tarde fría, mientras la nieve cubría el monasterio y el viento aullaba entre los árboles, Helmut escribió el testamento que sería su legado.

Ya no deseaba dejar riquezas ni tierras.

No tenía descendientes ni dinero.

Por eso decidió legar para las futuras generaciones; solo una advertencia.

En esas páginas, escribió:

"No heredamos la tierra de nuestros antepasados, la tomamos prestada de nuestros hijos."

Estas palabras serían su única herencia, un pensamiento que nunca pudo dejar ir.

Sabía que, con el paso del tiempo, las fronteras que había trazado en sus mapas desaparecerían, pero su mensaje seguiría existiendo.

Sabía que los hombres aún seguirían luchando por el control de la tierra, pero también sabía que tarde o temprano tendrían que enfrentar la realidad de que la tierra no les pertenecía.

Al poco tiempo de escribir sus últimas palabras, Helmut desapareció, como si se hubiera desvanecido en la nieve de las montañas.

Algunos dicen que se retiró aún más al norte, donde los vientos son eternos y la nieve nunca se derrite.

Otros sostienen que murió en su lecho, en el monasterio, tranquilo en su retiro.

Pero lo que es cierto es que, aunque su cuerpo desapareció.

Sus palabras siguieron viajando por generaciones, resonando en cada zona distante del mundo.

Hoy, siglos después de su muerte.

Seguimos preguntándonos si alguna vez entenderemos de verdad lo que él trató de enseñarnos.

Que la tierra no nos pertenece.
Que solo la tomamos prestada.

La espera

Nadie ignora que la espera es una de las formas más íntimas de la angustia.

Ya sea la espera de un llamado que no llega y ese sonido del teléfono encaprichado en hacer silencio.

Puede ser la espera de una respuesta a una carta de amor.

Un correo electrónico que nos confirme el aprobado de un examen o incluso una respuesta acerca de un contrato laboral o comercial.

Puede que esperemos en una esquina o en una mesa de un bar a quien tanto deseamos ver.

En fin, hay tantas formas de espera.

Pero todas tienen algo en común.

Es que producen una sensación que se arrastra por el tiempo, sin rostro ni forma, pero que se deja sentir, como una mano fría sobre la piel tibia.

Nadie se libra de ella.

Y en alguna esquina escondida de una vieja Biblioteca, perdido entre los pliegues del tiempo y las páginas descoloridas por el paso de los años, se conserva un relato.

Un relato atribuido a un tal Segismundo Dantier, cuya existencia es tan esquiva como las sombras que arrastra la noche.

Se dice que era un hombre de costumbres inusuales.

Apenas conocido por su presencia en los cafés del barrio porteño de Villa Crespo, pero también por su obsesión con las cartas.

Esas piezas de papel que guardaban promesas y mentiras a la vez.

Don Segismundo desapareció una madrugada de abril o al menos es el último recuerdo qué alguien tiene de él, como si el amanecer lo hubiera tragado sin dejar rastro.

Nadie sabe a dónde fue.

Ninguno tiene la certeza si huyó o simplemente se disolvió en la nada, tal como lo hacen aquellos que se pierden en las grietas del tiempo.

Lo que sí quedó atrás, sin embargo, fue un relato escrito por él.

Un relato titulado "La espera".

Esta es la historia que escribió Segismundo que aquí y ahora les presento:

Un hombre condenado a la perpetuidad de la espera.

Se dice que algún día, en un tiempo remoto o tal vez en un futuro ya transcurrido.

Hubo un individuo, cuyo nombre se ha perdido en las aguas turbulentas de la historia, que se vio atrapado en una situación que no podía comprender.

Había escrito y enviado una carta.

No se sabe a quién, ni por qué.

Quizá era una carta de amor o una misiva desesperada pidiendo respuestas a un destino que se mantenía en silencio.

O tal vez puede que fuera una carta con un pedido de perdón o simplemente una llamada de auxilio para pactar un encuentro con alguien, lo importante es que había intentado contactar mediante una misiva, el hombre.

Había entregado su alma a ese papel y la había enviado con la esperanza de una respuesta.

Desde ese momento, su vida quedó atrapada en una espera que no lo abandonaría nunca más.

Se encontraba en una ciudad ajena a sus propios pasos, donde las calles parecían retorcidas y tortuosas como reflejos de la espera.

De tal modo que también ellas estuvieran detenidas en el tiempo.

Caminaba también por las avenidas adoquinadas, cada paso más lento que el anterior, como si el peso de su propia ansiedad lo arrastrara a retrasarse hacia la oscuridad de la espera.

Ya no miraba hacia adelante.

Cada vez que se detenía en una esquina, su mirada se dirigía hacia los rostros que se acercaban, buscando en ellos un reconocimiento, una señal respuesta.

Un indicio que algo importante estaba a punto de suceder.

La espera en su forma más pura, es la sensación de estar suspendido entre dos mundos.

Uno que siempre está por llegar y otro que nunca se va.

El hombre a medida que los días pasaban, se sumía más y más en esa sensación de vacuidad.

Sus ojos buscaban al cartero que nunca llegaba.

En sus pensamientos, la figura del cartero se convirtió en un símbolo de esperanza.

El protagonizaba esa presencia fugaz.

Debía ser el encargado de traer la respuesta, el mensaje que lo liberaría de la prisión invisible que se había tejido alrededor de su ser.

Pero el cartero nunca aparecía.

—¿Vendrá hoy?—se preguntaba.

Y cada vez que escuchaba un paso cerca de su puerta, el corazón se aceleraba, solo para hundirse nuevamente en la decepción cuando descubría que no era para él.

Con el tiempo, esas preguntas comenzaron a martillar su mente.

Y cada día, su angustia se alimentaba de ellas.

La espera lo consumía.

Cada día, se decía que tal vez hoy sería el día.

Tal vez hoy el cartero dejaría en su buzón la carta esperada.

Pero la carta nunca llegaba.

En las tardes calurosas, cuando el aire se volvía pesado y las sombras parecían rendirse ante el sol implacable.

El hombre se encontraba parado en la esquina mirando hacia el horizonte, esperando a esa cita que nunca se materializaba.

A veces, se preguntaba si acaso había sido su error el haber creído que alguien vendría.

Su consuelo por momentos era imaginar que alguien había tenido un contratiempo y no había podido llegar.

Quizá había imaginado que alguien en algún lugar, en algún momento, respondería a su llamado.

O¿ habría perdido su número telefónico?

Ya fuera la carta, la llamada telefónica, o una simple mirada.

—¿Es la espera lo que realmente importa? se preguntaba, algunas tardes mientras el sol descendía lentamente en el cielo.

Y mientras la gente regresaba a sus hogares, el observaba al fin las calles vaciándose y sentía que la espera misma era lo único que tenía.

No importaba quién debía venir.

No importaba qué respuesta esperaba recibir.

Llegado a ese punto, la espera se había convertido en su razón de ser.

Cada vez que se acercaba a una esquina, sentía un leve retorcimiento en el estómago, un hormigueo inexplicable que lo obligaba a mantenerse allí de pie, como una estatua.

Esperando como si la propia ciudad estuviera diseñada para probarlo.

Las personas caminaban pasando a su alrededor, totalmente ajenas a su sufrimiento y él seguía esperando.

Algunos de vez en cuando lo miraban con curiosidad, muchos otros simplemente lo ignoraban por completo.

Puede que se hubiera convertido en una parte invisible del paisaje urbano.

Un espectro que se deslizaba sin dejar huella.

Y sin embargo la espera seguía allí, envolviéndolo, consumiéndolo.

A veces, se decía que tal vez había esperado lo suficiente.

Que posiblemente podía irse, huir de esa angustia, de ese peso invisible que se cernía sobre él.

Pero luego notaba que no podía.

La espera lo había moldeado.

Lo había convertido en su identidad, en su única razón para existir.

Y alguna vez cuando lo intentó, cuando trató de dejar de esperar, sintió que algo más profundo lo estaba despojando de su alma.

Un día, mientras caminaba sin rumbo por las calles ya vacías, escuchó una voz que lo llamó y por un instante su corazón se detuvo.

Alzó la vista con los ojos brillando de esperanza.

Rápidamente noto que la figura que se acercaba era solo un transeúnte cualquiera, que saludaba a otra persona con su mismo nombre.

Un segundo después la ilusión desapareció y con ella la efímera chispa de esperanza que había sentido.

Fue en ese momento cuando el hombre entendió algo que hasta entonces no había comprendido.

La espera no era un estado pasivo.

La espera no era algo que se pudiera abandonar como un mal hábito.

La espera para él, era todo lo que quedaba.

Había aprendido a esperar tanto que ya no podía dejar de hacerlo.

Era una condena sin juez ni sentencia.

Como la marea que sube y baja, la espera nunca se detendría.

Así que se dedicó a esperar con más convicción que nunca.

Durante semanas, los días se arrastraban.

Los relojes seguían su curso, pero su tiempo era distinto.

Su tiempo estaba marcado por la inmediatez de la espera: La espera de la carta, la espera de la llamada, la espera de una cita que nunca llegaría.

Nadie supo nunca lo que había escrito en esa carta, ni quién debería haberle respondido.

La carta misma se había desvanecido en el aire, como un eco y la ciudad indiferente, continuaba su camino.

Pero el hombre seguía esperando.

Otro día, mientras se encontraba en la misma esquina donde siempre esperaba, escuchó el sonido de unos pasos.

Su corazón nuevamente dio un vuelco.

Volvió a mirar y en esa fracción de segundo, creyó que finalmente alguien había llegado.

Pero solo era un niño que pasaba corriendo, ajeno a la tragedia que se desarrollaba en el alma del hombre.

De nuevo, se quedó allí parado, su mirada fija en la nada.

La ciudad continuaba su vida sin detenerse.

Los transeúntes seguían su ruta, el cartero nunca llegaba, la llamada nunca se recibía.

Algunos días en su desesperación, imaginaba que, en alguna parte de la ciudad, alguien también estaba esperando y quizás al igual que él, no lo sabía.

La espera es un estado en el que se vive, no un momento en el espacio.

Y como tal, nunca termina.

Arrastra el alma, como si el tiempo mismo, en su indescifrable avance, fuera una cuerda tensa que aprisiona la mente.

La espera es un estado oscuro, como un puente que atraviesa el abismo sin promesa de fin.

Es una maldición, una especie de laberinto del que no se sabe si alguna vez se podrá escapar.

Nadie está exento de ella, ni siquiera aquellos que se sienten exentos.

La leyenda de Segismundo Dantier se fue diluyendo como el eco de un susurro.

Algunos decían que él desapareció en una madrugada de abril, como si fuera un reflejo en el espejo, una figura que ya no existía.

Otros aseguraban que, en algún rincón perdido de la ciudad, todavía lo encontraban, parado en una esquina cualquiera con la mirada fija en el horizonte, esperando a alguien que nunca llegaría.

Otros más atrevidos, afirmaban que el hombre seguía esperando, no en el tiempo que conocemos, sino en otro tiempo.

En un tiempo paralelo de otra dimensión, en el que la carta nunca fue enviada, y la respuesta nunca llegó.

Y tal vez como él alguna vez todos estemos esperando algo o a alguien, aunque no sepamos qué ni quien.

Hoy en la ciudad, si uno pasea prestando mucha atención por las calles vacías, podría ser posible encontrar una carta olvidada, perdida entre las hojas caídas de otoño, una carta que nunca tuvo destinatario, un testamento de una espera que nunca terminó.

Manual de Instrucciones para Abrir Paquetes de Galletitas

Roque Fernández siempre fue un chico con un problema muy peculiar.

No tenía problemas de lectura o dificultades para aprender matemáticas.

Tampoco tuvo nunca conflicto con su cuerpo, ni le costaba relacionarse con los demás.

El no sufría ninguno de los más típicos traumas o problemitas que tantos niños atraviesan en su infancia y adolescencia.

 No se trataba de una fobia a los animales , ni de una extraña obsesión por tener las zapatillas de marcas famosas .

No.

El problema de Roque y que lo acompañó durante toda su infancia y adolescencia era, la dificultad para abrir paquetes de galletitas.

Él siempre pensó que abrir un simple paquete de galletitas, debería ser tan fácil como hacer clic en el botón de "Aceptar" en los términos y condiciones.

Pero para Roque, abrir cada paquete de galletitas era un desafío digno de un súper espía, tratando de desactivar una bomba en el segundo final de la película.

Como verán no era un problema lo que se dice común, ni siquiera uno de esos problemas que te hacen pensar "ah, pobre, es un caso de esos que requieren ir a terapia".

No, Roque tenía un problema mucho más serio.

No podía por nada del mundo, abrir paquetes de galletitas, por lo menos de manera prolija.

Desde pequeño cuando llegaba de la escuela, su madre lo recibía con una exquisita merienda.

Preparada amorosamente y justo a tiempo.

Una taza de chocolate caliente y galletitas dulces.

Pero en lugar de disfrutar de la merienda, Roque pasaba los primeros minutos de su llegada intentando abrir el paquete de galletitas, como si estuviera tratando de descifrar un código secreto de la CIA.

—¡Roque! ¿Vas a quedarte ahí toda la tarde ahí abriendo el paquete o vas a merendar ?.

Le decía su madre, mientras él hacía movimientos de "técnica avanzada", como si estuviera intentando abrir un candado con combinaciones de 40 dígitos.

Sí, ya sé.

Ustedes lectores pensarán, como exagera este tipo.

¿Cómo puede alguien tener problemas con algo tan simple?

Pero amigos míos, no subestimen el desafío de la apertura prolija de un paquete de galletitas.

La cosa no es tan fácil como parece.

Yo mismo en algún momento de mi vida, he pasado más tiempo tratando de abrir un paquete de galletitas que para leer un libro de filosofía.

 Y créanme, es una experiencia existencial.

Roque veía el proceso como una guerra de desgaste, como una serie de obstáculos que no había manera de sortear

Claro, él llegaba a la puerta de su casa al regreso del día escolar y pensaba, hoy por fin lo lograré.

Hoy abro este paquete como todo un adulto.

Pero como era de esperar, el paquete lo desbordaba en una explosión de plastiquito y nervios.

¿Debería tirar de la esquina?

¿Debería ir por la rendija lateral?

¿O mejor usar un cuchillo?

 Preguntas filosóficas.

El chocolate se enfriaba y Roque no lograba entender por qué esos paquetes estaban diseñados para desafiar la naturaleza humana.

Muchas veces tenía pesadillas en las que era perseguido por paquetes de galletitas gigantes y cerrados, mientras él corría desesperadamente hasta que estaban a punto de alcanzarlo y explotaban llenando de galletitas rotas la calle por donde venían persiguiéndolo.

Por la mañana al prepararse para ir a la escuela pensaba.

Hoy sí, hoy voy a ganar.

Mientras se encontraba frente a ese paquetito de celofán que, por alguna razón, tenía más pliegues que la mente de un filósofo alemán.

Y en ese preciso momento, su madre lanzaba una frase desde la cocina.

—Roque, ya sé que después vas a tener hambre, así que te dejo los bizcochitos salados en la mochila para el recreo.

¡Perfecto! Un paquete más y más dudas existenciales.

Pues bien, Roque se encontraba con un dilema aún más grande.

Abrir el paquete en el recreo, con el riesgo de hacer el ridículo frente a sus compañeros.

Como si el sonido del paquete al abrirse fuera un grito en medio de una película de terror.

O me aguanto el hambre y espero llegar a casa ,pero con dignidad.

¿Lo abro rápido?

¿O lo hago con estilo, como un mago en un espectáculo de Las Vegas?

Cada vez que Roque intentaba abrirlos, sentía que estaba resolviendo el Código Da Vinci.

Y cuando finalmente lo lograba, se encontraba con que las galletitas estaban rotas.

¿No les pasa a ustedes?

Como si el paquete se burlara de vos.

¿Por qué esos pliegues de celofán o plástico tan apretado?
Ni la NASA en sus naves espaciales tiene un sistema de cierre tan complejo.
Pero lo que Roque nunca logró comprender era la utilidad de esa pequeña tirita roja que venía en casi todos los paquetes de galletitas.
Ah, la tirita roja, ese icono de esperanza, esa promesa de resolución rápida que nos atrae con su brillante color y su sencilla indicación.

"Abra aquí"

¡Qué ironía!
Roque no sabía si reír o llorar cada vez que la veía.
La tirita roja era como esa amiga que te promete ayudarte a resolver todo y cuando menos lo esperas, te mete en una situación aún más complicada.
Y no hablemos de los fines de semana, cuando Roque se preparaba para ir al club a pasar el día.
Su madre en un gesto de amor que cualquier buena madre tendría, le metía en la mochila un paquete de galletitas surtidas.
Y ahí estaba Roque otra vez, ahora en el club, luchando con el paquete como si fuera una caja fuerte de 5 toneladas.
La diferencia es que mientras él transpiraba más que en el gimnasio, el paquete de galletitas no estaba tan interesado en su bienestar.
A esta altura, el pobre Roque ya había acumulado más heridas emocionales que físicas y eso que jugaba al rugby y practicaba jiu-jitsu.
De hecho, los paquetes de galletitas se habían convertido en su más grande enemigo, algo así como la versión de "El Capitán Ahab" pero con menos romanticismo y más azúcar.
Con el tiempo creyó haber creado un método.

Primero, Roque tiraba de la cintita roja con la esperanza de que como por arte de magia, el paquete se abriera con una precisión quirúrgica.

Pero en su lugar, lo único que ocurría era que la tirita se rompía y él se encontraba mirando una tirita roja de plástico entre sus dedos, completamente inútil.

Siempre se preguntó si no era un contrasentido que esa famosa tirita roja que traían la mayoría de los paquetes, tuviera el nombre técnico de abre fácil.

Abre fácil se repetía, siendo tan complicado.

Era como si la vida le dijera:

¿Creías que tu existencia iba a ser tan fácil?

Bienvenido al club.

Y eso no era todo.

Después el plástico se doblaba de manera tan incómoda, que a veces Roque se preguntaba si el paquete de galletitas era un rompecabezas de 5000 piezas, que había olvidado armar en su niñez.

Pero lo peor de todo era lo que sucedía después.

Las veces que por fin lograba rasgar esa tirita, el paquete no se abría de manera pulcra, como se prometía en la etiqueta.

No.

En su lugar, el paquete se desintegraba en una serie de pedacitos de plástico como si estuviera atrapado en una pesadilla de ciencia ficción.

El contenido del paquete terminaba disperso por toda la mesa, las galletitas mismas estaban rotas y para colmo él se encontraba rodeado de pedacitos de plástico con la misma expresión de un hombre que acaba de perder su dignidad en público.

Hasta que un día, a la edad de 24 años, Roque tuvo una revelación.

Se dio cuenta de algo: "¡Esto es un problema de proporciones épicas! No puedo seguir viviendo así.

Alguien tiene que escribir un manual sobre esto.
Así que, con una determinación inquebrantable.
Roque escribió su libro:
 Manual para Abrir Paquetes de Galletitas.
El título era claro, preciso, directo.
Nadie dudaba de qué trataba el libro.
Después de todo, la vida ya era lo suficientemente complicada como para jugar a los poetas.
Y por supuesto entre los consejos que ofrece Roque, destacan algunos como.
 "No uses la técnica del cuchillo, a menos que tengas un doctorado en cirugía menor".
 o "Si el paquete se resiste, recuerda que no hay vergüenza en pedir ayuda".
Llamá a tu abuela, que a veces ella tiene el toque mágico.
En el libro, también narra con lujo de detalles su frustración ante esa maldita tirita roja.
"La tirita roja", escribe él.
 Es como esa pareja que te dice.
 —Déjame hacer esto, yo soy el experto.
Y después, seis horas más tarde, estás en el mismo lugar.
 Solo que con un poco más de desesperación.
En su manual, Roque no se limita a las malas experiencias personales.
Hay una sección titulada

La Tirita Roja: El Caballo de Troya de las Galletitas

En la que relata con humor cómo en la práctica, la tirita roja no hace más que disfrazar la realidad de la tragedia que se ve.
Hay también consejos útiles, como.
Si ves que la tirita roja comienza a romperse o salirse, tomate una pausa, respira hondo y acepta que esta será una operación larga.

Como si fuera una cirugía, pero sin anestesia.

O En caso de que el paquete se resista, no tengas miedo de hacer uso de herramientas adicionales.

Si el cuchillo no te funciona, intenta con el sacacorchos, el destornillador o, si eres un experto, la técnica del zapato.

Cada consejo viene con un toque de humor.

Porque Roque había aprendido algo que pocos en la vida logran, reírse de la tragedia.

Finalmente, el libro de Roque alcanzó un éxito inesperado.

No porque la gente creyera que se encontraba frente a una obra maestra, sino porque todos se sintieron identificados.

¿Quién no ha luchado alguna vez con un paquete que prometía abrirse fácil y resultó ser una metáfora de la vida misma?

La tirita roja es como esa promesa de que todo se resolverá fácil.

Hasta que la vida nos muestra que, en realidad, no existe tal cosa como un camino recto.

Roque se convirtió en un experto en algo que pocos querían reconocer como una habilidad vital.

Pero como él siempre decía en sus charlas de apertura.

—La vida es como un paquete de galletitas.

Nunca sabés si vas a abrirlo a la perfección o terminarás con las galletitas rotas, el envase destrozado y una sensación profunda de que, de alguna manera, eso también forma parte de un aprendizaje de vida.